壁一面に本棚をしつらえた部屋で、仕事の打ち合わせをしたり、おしゃべりも楽しみます。

広辞苑
第三版
国語辞典

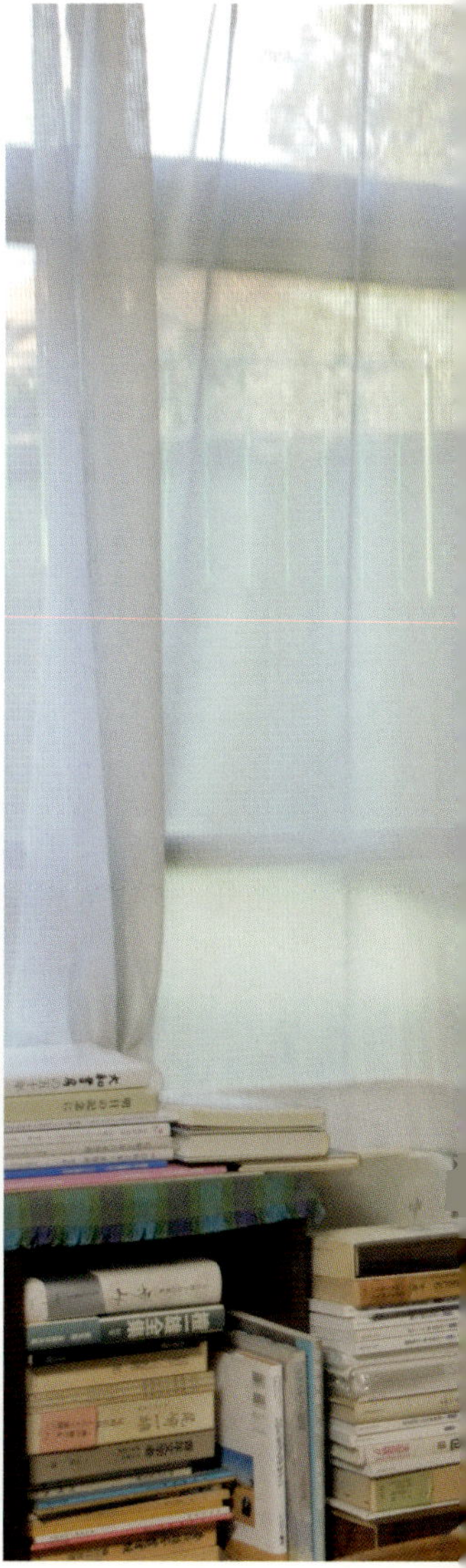

右：黒板は「むれの会」の勉強会のときにも便利。
下：ガラス越しの日ざしが入る明るい部屋で、鉢植えの植物たちも元気です。

絵本が大好き。若い頃は絵本作家になりたいという夢も持っていました。

毎年作っている「ゆべし」。和紙に包んで干しますが、
気候によって乾き具合が違うので毎日確かめます。

「りんごの赤ワイン煮」と、いただきものの「タルトタタン」を組み合わせておやつに。

鉢植えのハーブやパセリは料理に便利。アオムシにたべられても新しい葉が出てくる生命力に感動します。

Yoshizawa
Hisako

吉沢久子

94歳。寄りかからず。前向きに　おおらかに

海竜社

目次

一章　能力は使わなければ衰える
——体力、注意力、考える力

目次

二章

あたりまえを見なおす
——豊かさの中でこそ謙虚に

三章 いのちをつなぐたべものの力
――たべることは前に進む原動力

目次

四章 たべたいもので元気を養う
――たべものが運んでくれるしあわせ

五章

季節をゆっくり、たっぷり味わう
――心なごむくらし方

目次

六章

老年を共に安心して生きる
――支え合い、知恵を出し合って

一章

能力は使わなければ衰える

体力、注意力、考える力

能力は使わなければ衰える

注意力を訓練することも大切

九十三歳という、若いときには考えてもみなかった年齢まで生きてしまって、いろいろな経験もしてきたせいか、世間では常識になっているやさしさとか、思いやりといったようなことについて、このごろの私は、自分の経験から「いや、それは違うかもしれないぞ」と思うことがよくある。

私自身の生活を思い返してみても、いろいろある。高齢社会といわれはじめた頃だった。ある建築関係のＰＲ誌の座談会によばれて、当時すでに高齢者といわれる年になっていた私は、その立場での発言を求められたのだった。それは高齢者のための住いとしてバリアフリーということが流行語のひとつになっていたが、それについて意見をきかれて、

「車椅子生活や足の動きが不自由になったら、それは便利でいいと思いますが、健常者には、あまり早々とそんなことを考えなくてもいいでしょう。注意力をなくさないことも大切だと思うのです」

と、私の問題として話した記憶がある。私は自分のことを考えたのだった。家の中ばかりバリアフリーにしても、一歩家を出れば外はバリアだらけ、階段だらけなのだ。当時まだ駅にエスカレーターやエレベーターのあるところは少なかった。

そろそろ足が弱ってきたとき、私のことをいろいろ考えてくれている身内のものが、

「今のうちに、家の中をもっと住みやすく、バリアフリーにしておいた方がいいよ」

とすすめてくれたが、そういう心づかいには感謝しながらも、実際問題としては、私自身が注意力をなくしてしまいそうで、まだこのままがいいと思っていたときだったのだ。

もともと私の住いは、変な家だが床面はほとんど平らになっている。夫が次々と本を買ってきては置き場所に困ると物置をあちこちにつぎ足し、それをくり返していた。だから、上がったり降りたりより、紙袋に入れた資料が床に置いてあったり、積み重ねてある本を蹴飛ばしたり、つまずいたりしないようにと気をつけることには慣れていたので、夫本位の家から、自分中心の一人ぐらしになっても、足元に注意することは忘れていなかった。

夫が亡くなって四半世紀がすぎたが、まだ私はその古い家でくらしている。真夜中に電気もつけずに家の中を歩いても、何歩歩けば次の部屋のドアがあり、三センチほどの段差があるから気をつけるようにと、自分のからだがおぼえていて注意をうながすのだ。

三センチの段差でも足をあげる力がなくなったら、私はこの家に住めなくなり、ケアつきのマンションにでも移るか、どこかのホームに入れてもらわなければならないだろうが、今日はできるから、明日のことに思いわずらうことはすまいと思っている。人の体力とか注意力は、日々ほどよく訓練されていないと、どんどん萎《な》えていくのではないだろうか。

甘えていると下降線をたどるのみ

最近、こんな経験をした。したしくしているある知りあいの娘が、数日、泊まりがけで私がなまけている家事を片づけにきてくれた。彼女のお母さんが私と同年配なので、ふだんはよく世話をしているようだ。私にも親身につくしてくれて、たとえば私が毎朝一回だけ飲んでいる血圧の薬を、朝食のあとで飲もうとすると、さっと立って台所にいきコップに水を入れて持ってきてくれる。

何日もしないのに、彼女が帰ってまた一人の日々がはじまった朝、薬を飲もうとして、ふと気がついた。

「あら、水を持ってくるのを忘れている」

思わず口に出してしまった自分の言葉に、やっぱり、人に頼ってしまうとだめになるという思いを深くした。

いつも、朝食がすむと、食器をひとまとめにして台所に運んだ手に、カップを持って水を食卓に、という手順にしているのに、親切な人に食事がすむとさっと片づけてもらい、私はデンと座ったままでテレビなど見ていて、そこにさっと水を持ってきてもらうと、おもむろに薬を飲む、そんなことが数日つづいただけで、もう私は自分の作ったルールを忘れてしまったのかと、びっくりしたり、ぞっとしたりした。

人はちょっと楽をすると、すぐその方が快適なのでそちらに傾いていってしまう。とくに老いてみると、その傾向は著《いちじる》しい。だから一人ぐらしの私はぞっとしたのだ。

何もかも人にしてもらえる生活は、しあわせのようだが、それがいいとは思わない。それは頭では思っていても、からだはできるだけ楽を望むのか、私は数日で変わった自分にショックを受けた。ひょっと気をゆるめたら、無限に楽な方にいってしまう自分に、甘えていたら下降線をたどるだけだぞと、きびしい声をかけた。

バリアフリーの家に住まないとか、一人ぐらしには、いつも適度の緊張感がなければといっている自分に、裏切られたような思いも持ったが、考えてみれば、年とは関係なく、人間の能力は使わなければどんどん衰えていくことに気づいていたはずだった。

機械に頼りすぎると能力は衰える

私の幼い頃は計算機などなかったから、ソロバンができなければ事務はできないといわれていた。私は小学生の頃からソロバンを習い、頭の中にソロバンをおいてする暗算も得意だった。夫と二人分の税金の計算だってそれほど努力しなくてもできた。

しかし、便利な計算機が使えるようになり、それに頼っていたら、おどろくことに、得意だった暗算ができなくなったことに気がついた。今では、買いものをしておつりをもらっても、それを確かめる暗算もできず、おろおろとしてしまうこともある。老化のためとばかりはいえないと思うのは、ずっとつづけていることについては、多少の衰えは感じても、まだそれなりの能力はあると思うのだ。

もう何度も話したり書いたりしていることなので、今さら書くことは気がひけるが、例として携帯電話をアドレスブックや電話番号簿にしている方のためにいっておきたいので、私の経験を書く。

私は妹とかその他の身内のものの電話番号を、短縮機能のある電話機におぼえさせ、妹は1、姪は2、などとおぼえていたら、外で妹の家に連絡したいことができて電話をしようとしたら、みんな番号を忘れてしまっていた。これにもおどろいた。

私は家で仕事をしているし、あまり外出もしないので、必要がないので携帯を持たないことにしていた。公衆電話がなくなっているに等しいこのごろ、携帯くらいは持とうかと考えていた矢先、知人が携帯をどこかに置き忘れて困ったという話をしていた。

「あれがないと、生活できないわ。人の住所も電話番号も、みんな入っているのだもの。どうしよう」

とあわてた。何もかも記憶させて頼っていた機械を失った人間が、ヘナヘナと崩れ落ちていく姿を想像して、携帯くらいは持とうかと思ったことを取りやめにした。

自分で考え、工夫する習慣づけ

昨年は、暖冬といわれていたのに寒かった。そして、冷夏だろうといわれていたのに、史上まれな酷暑だった。それだけ、地球上がどう動くかが予測しにくくなっているのだろう。その予測をあてにして、この冬はあたたかいそうだとか、寒いらしいとか私もいっている。

でも、あまり先のことがわかってしまうのも味けない思いになる。お天気のことが今ほど先に先にと伝えられたことはない。しかも、

「明日は夕方から雨になり、寒くなりますから、朝は晴れていても、傘を

忘れずに、あたたかくしてお出かけ下さい」

などと、通勤の人に注意している。気象予報士さんのやさしい声をテレビで聞くと、

「御親切がすぎると、変ないいがかりをつけられるかもしれませんよ」

といいたくなる。そのくらいのこと、自分で考えさせないと、風邪をひいたのは、寒くなるからと注意しなかったからだと、文句をいう人も出てくるかもしれないと私は思う。

何でも人のせいにして、自分では考えようとしない人が増えている時代だから、思いがけないところから、天気予報にだって文句をつける人が出てくるかもしれない。

何でも人頼みで生きている人の多いことには、ちょっとおどろくことが多いこのごろだ。先日も親類の娘が「肉じゃがのおいしい作り方を教えて

ほしいんだけど」と訪ねてきた。

母をなくして、父と弟の三人ぐらしの二十六歳。銀行に勤めているが、家事も娘の肩にかかっているので、たいへんなのはよくわかるが、肉じゃがなんてかんたんではないかと私は思った。しかし、父も弟も何だかくどくておいしくないというのだそうだ。

作り方をきいてみると、最初から肉もじゃがいももも、玉ねぎ、しらたきも、みんないっしょに鍋に入れ、調味料も加えて煮るのだそうだ。それでは肉は固くなるし、じゃがいもはホクホクにならず、アクっぽいでしょう、というと、「でも、本の通りにしているのよ」といった。

材料や調味料の分量だけで煮物の味がきまるわけじゃないのだといいながら、私は、しらたきのアクぬきはしているかときいたら、「そんなこと書いてないもの」という返事。

アクぬき済みのものも売っているが、コンニャク類のアクぬきは常識だし、煮るにも順序が必要なのだが、まあ、母親といっしょに台所に立っておそうざいを作ったこともない娘だったから、それもやむを得ないかと、少しかわいそうにもなった。

「じゃ、今日はおばちゃん流の肉じゃがをいっしょに作るか」

と、いっしょに台所に立ったが、牛肉を煮ると意外にアクが多く出るのをすくい取って見せたら、またまた「そんなこと、本には書いてなかったもん」という。

どうしたらおいしくなるかと工夫するのも料理の味のうちだといったら、やはり不服そうで、工夫のしかたが書いてなかったからといいたそうだった。

手仕事のたのしみ、手作りのプレゼント

旅先やふだんの買いもののときなどに、小銭入れとハンカチやティッシュペーパーなどを入れる軽いポシェットを私は持ち歩くが、それを作ってくれるのが若い友人のYさん。肩から下げても、時には首にかけて前に下げても、私のからだに合わせて作ってくれるので、とても便利に使わせてもらっている。

先日、おはぎを作ったからと持ってきてくれたとき、古い帯地で作ったという渋い金茶に黒の縁取りをしたポシェットをまたもらった。

その日、早速肩から下げて買いものに出かけたら、出会った御近所の奥さまから褒《ほ》められてうれしくなった。

Yさんは最近同居していた御自分のお母さんを見送り、今は御夫妻二人だけの静かなくらしの中で、好きな手仕事をたのしんでいるという。お連れあいは読書ざんまいの日々だと聞いている。

お母さん譲りのおはぎの作り方を大切に考えて、いつも春秋のお彼岸に作っていた習慣を守っているのも、私は好ましく思っているが、その味がまた本当においしい。

おはぎを持ってきてくれたとき、とてもおしゃれなコートを着ていたので、

「すてきなコートじゃないの」

といったら、むかし流行した長いコートの裾《すそ》を半コートくらいに切って、

別布で縁取りしたのだとか。黒いコートの裾に、ベージュに黒い模様の入った縁取りが、新しい感じなのだ。

そういえば最近とくに自分で服を作ったりすることがブームになっているようで、モンペの上下の作り方なども女性誌に出ていたりする。流行はくり返すというが、私はモンペというと、それを着た戦争中のことが思い出されて、二度と着たくないと思ってしまう。

トイレの神様はもういない？

雑貨屋さんの前を通ったら、そうだ、トイレの洗剤が少なくなっていたと気がついて買ってきた。手に持ったらなぜか大みそかの歌合戦で聞いたトイレの神様の歌を思い出した。

トイレをきれいに掃除する女の子は、トイレに住む美しい女神様のようなベッピンさんになれるのだといった、おばあちゃんへの思いを歌っていた。その物語性が受けているのだろうと私は思った。乾ききったようなこのごろの人と人との関わりを考えさせる歌だと、多くの人も思ったのだろう。

先日、どこかの調査で日本の水洗トイレの普及率は七〇パーセントくらいだと書いてあった。私は本当かしらと疑った。それで思い出したのはわが家の水洗のこと。下水道が完備するまでは、庭に浄化槽を作り、水をきれいにしてからU字形の小さな下水に流していた。かなり長い間そのままだった。そのコンクリートの大きなタンクは今も埋めたままになっている。そういう水洗トイレも含めれば、七〇パーセントも本当なのかなと思った。

私も小学五年生くらいのとき、母親からごはん炊きとトイレ掃除を教えられた。当時はくみ取り式だったから、あのにおいの中でハタキをかけ、ホウキで掃き出し、雑巾掛けをするのは、何とも嫌な仕事だった。手ぬぐいで鼻と口を覆って、息を詰めながら一気に終らせなければとてもやっていられなかった。

便所の神様はとても偉い神様だから、きちんと掃除をする心掛けのいい女の子には、いいお婿さんをとりもってくれるから、機嫌よく掃除をするものだと私も教えられた。

水洗トイレになった今は、明るくて、お湯でお尻まで洗ってくれる快適な場所になった。もう、神様はいなくなったに違いない。

心もからだも動き出す知的刺激はいいもの

取材にみえた出版社の方からいただいた、手みやげの包み絵を見たら、私の好きな和菓子の店のものだった。

「おもたせを、ごいっしょにいただいていいかしら」

といったら、「どうぞ」といってくれた。もしかしたらと思ったのが、みごとに当って草餅だった。その店の草餅は、よもぎがたくさん入っているのか、香りが高く、そのくせあくっぽい後味もなく、餡《あん》のおいしさが抜群だ。よその店のものより少し高いが、たべたいときには姪に買ってきてもらう。

一度には一つかせいぜい二つ、それ以上はたべられないから、誰かといっしょにたべないと、せっかくのおいしいものをまずくしてしまうこともあるので、日もちしないものは、いただきものでも、なるべくその場でいっしょに、と思ってしまう。とくに草餅のようなお菓子は、その日にたべ切らなければもったいない。和菓子の多くはそうなので、お茶会のお菓子を作ることの多い店では、茶会のはじまる時間に合わせて作るものだと聞いている。

そういえば、私の住いの近くにある和菓子の店では、名物のどら焼きを買いにいくと、注文をきいてから作っている。店の外まで行列ができていることもある店だ。

初めて草餅をたべたのはいつごろだったろうかと、記憶をたどってみたが、よくわからない。おひなさまに供えたおさがりの切り餅だったような気がする。焼いて、甘いきな粉をつけてたべた記憶がある。東京の下町にいた頃のことだった。ぷっくりと、まん中が餡でふくらんだ半月型の餅菓子を、「草餅だよ」と教えてくれたのは、祖母だったことを思い出す。ごく、幼い日の記憶である。

以前、日本各地のお菓子について調べていたとき、少しばかりお菓子の歴史についても知ることができたが、草餅は、はじめ母子草の葉を使って作られたものだという。料理をするようになってから自分で作ってみたが、おぎょう、またはごぎょうの名で春の七草のひとつに入っている母子草には、なじみもあり、やわらかいし、はじめはこの草が使われた理由もわかった気がした。

よもぎの香りに気づき、やわらかい新芽を摘んで餅に搗《つ》きまぜてみた人はどんな人だったのだろう。よもぎは薬草でもあるから、もしかすると、春一番の新芽を、ハレの日のたべものであるお餅に搗き込んだものをたべて、生きる力をつけようとしたのかもしれない。よもぎはお灸《きゅう》に使うモグサの原料でもある。

草餅は、私の心をいろいろなところに誘い出してくれた。ひとつのもの、ひとつのことでも、役割を持ったり、歴史もある。そういうことに興味を持つと、時間も無限にほしくなり、あれこれ本を引っぱり出したりと、心は活気づき、からだもそれにつれて動き出す。久しく自分で作らなかった草餅、作ろうかなとも思ったりする。知的刺激はいいものだ。

「足」の特集記事についい引き込まれ

国立民族学博物館が編集発行している月刊『みんぱく』の十一月号特集が、「かんがえる足」だった。このごろ、とみに足が弱くなったと思っているので、この特集というのに関心をそそられた。

毎号、ページをめくるだけでも興味あることが多いのだが、つい、ゆっくり読みたいので「あとで」と机のわきに積み重ねておき、それっきりになってしまうこともある。

今回は、すぐ読み出したらやめられなくなってしまった。人が二本足で立って歩きはじめたことで、自由になった前足はものを作り出した、それが人間性のひとつの証しと考えられてきた、ということに私はまずそうだそうだと納得。足が弱ってくるというのも人間が二本足で立っているからだと思った。そして手になった前足は、何といろいろなものを作り出したことかと、その歴史に感動してしまったのだ。

猿には足がないというのも初めて知った。枝渡りをして生活をする猿は四手類《ししゅ》とフランスの先史人類学者は名付けたという。猿に似ているといわれる人間の足は熊の足に似ているそうで、奇妙な形、不思議な形だと書かれている。

私にとっては考えたこともない学問の世界のことで、どこが奇妙なのかと自分の足をつくづく眺めたが、よくわからない。

足は隠すべき存在で、他人に見せてはならないという社会もあるそうだ。

西洋人の靴は足を隠すものであったのか。靴を履いて初めて人前に出せるものだったとか。そこから水虫という病気も起こってきたことなど、とにかく面白くて、自分の足の衰えのことなど全く忘れて引き込まれてしまった。

ルーペ片手でも読む楽しさ、面白さを十二分に味わった。

座り込んで読んだ大正期の女性誌創刊号

資料を必要とする原稿を書くために書棚で本をさがしていたら、主婦の友社が創立八十年の記念に作られた『主婦の友』第一巻一号の復刻版を見つけた。大正六年二月十四日印刷納本となっている。

目次を見ると面白そうな記事がいっぱいで、資料さがしは後回しでいいやと思ってしまい、まず目についた記事から読みはじめた。あの、新渡戸《にとべ》稲造《いなぞう》先生の「夫の意気地無しを嘆く妻へ」という題の記事だった。

「世の中には意気地の無い男子が少なくありません。こういう男子を夫にもった婦人の境遇ほど、世にも同情すべきものはありますまい」

という書き出しで、

「文明の程度の高い、そして生活水準の進んだアメリカでは我が国よりも更に一層この煩悶《はんもん》者が多いのであります」

とつづき、

「意気地の無いのは病気と思え」

と説かれている。更にそれは結婚の方法が間違っているからなのだと書かれてある。相手のことより、釣り合う家、あるいは相手の家と縁のつながることを第一に嫁にやるという親が多いからだと、結婚についての新しい考え方にも触れてあった。

大正六年といえば私が生まれた前の年であり、まだ百年はたっていないのだ。「表彰された節婦なみ女を訪ふ」という記事も読んでみた。

節婦とは貞節な女性という意味だと、説明がなければわからない若い人も多かろう。二十六歳で夫を日露戦争で失い、家業をつづけながら、二人の幼児と姑を、三十八歳まで一人で支えてきたなみさんという女性が、都から金一封と共に表彰されたという話だが、今の私には、何ともむごいことだと思われる。

つい、座り込んであれこれ読んでしまったが、多くを紹介できなくて残念だ。

気をつけよう
新手の詐欺《さぎ》の手口

何年か前のことだが、私には全くおぼえのない香港の会社から、宝くじに当っているが百万ドルを預かっているので、手数料を払い込んでくれたらすぐ送金する、という通知が来た。

私は日本の宝くじも買ったことがないのに、まして香港の宝くじなど買うわけがない。手数料を払えというのもおかしい。そう思って放っておいた。

その後も一～二度そんな通知が来たが、すぐ破いて燃やしてしまっていた。ただ、どこの名簿を見てこんなものをよこすのだろうということだけは考えたが、もちろんわからなかった。そして忘れてしまった。

ところが、区が発行している最新の消費者情報に「こんな相談がありました」として掲載されていたのが、かつて私が受けとった手紙と同様の、カナダのインターナショナルオフィスとかいうところからの高額な宝くじ当せんの通知だ。保留支払金八千二百円と、保留締め切り日までに手数料九千円を支払うようにと具体的に書かれていたとか。その手紙を受けとった人も、宝くじを買ったおぼえがないという。

何年か前にこの方法でたくさんのもうけがあったのだろうか。しばらく鳴りを潜めていて、またはじめたただましの手口なのかもしれない。振り込め詐欺の一種だと思う。

今のように、世の中がザワザワしているとき、また、したしい人が災害に遭《あ》い、何か手助けできないかと思って、もらえるお金があるならと、手数料が少額だけについ引っかかることもないとはいえない。

海外宝くじを日本国内で発売するのも取り次ぎをするのも、刑法に触れることだそうだ。再び頭をもたげた詐欺の手口に気をつけたいもの（ちょっと考えれば引っかかりません）。

「押《お》し買《が》いさん」をうまく断る方法

とくに申し合わせをしたわけではないが、節電のひとつとして、御近所で門灯を消しているお宅が多くなった。区が管理している街灯も間引きされているようで、深夜は真っ暗になる。

私も、門灯は外の明るさに反応して点滅するようにしてあったのを、一定の時間に自分で消すようにしている。一晩中明るくしていたのは無駄であったといえるかもしれないが、なるべく家の周りも明るくしておくのが防犯のために良いといわれていたので、ずっとそうしてきた。だが、最近は早めに門扉のカギをしめ、外回りの電灯を消す。

このごろ、貴金属の「押し買い」がよくやってくる。押し売りをもじって押し買いというのだそうだが、先日も暗くなってから玄関のベルが鳴り、ちょうど、姪と電話中だったので、ちょっと待ってもらって出たのだが、押し買いさんだった。若い男で、

「お母さん、入れ歯の古いのでも万年筆でも高く買いますよ」

という。

「何もないから」と断ると、「その指輪でも」とドアを押さえている私の手を見ていう。結婚指輪だ。

しつこくいうので「今電話中なので失礼」と、ドアを閉めてすぐカギをかけた。門の外にも人がいるようだった。

本当に電話中だったので、とっさに「電話中」という言葉が出たが、こ

れからもあるかもしれない押し買いに、断る方法を考えておかなければと思った。外に人がいるのかどうか、暗くて見えないのが不安だった。

ふっと思い出したのは、日本が原子爆弾を投下された頃のこと。月のない夜は暗夜だった。月夜の晩は足元が見えてうれしかったが、飛行機からもよく見えるだろうと不安でもあった。夜ごとの空襲におびえていた日々だった。

二章
あたりまえを見なおす
豊かさの中でこそ謙虚に

人間を超える力に対して謙虚でなければ

大きな災害のあるたびに、私はもののはかなさということを考えさせられる。今度の災害でもそうだった。起きて半畳寝て一畳という言葉を長らく忘れていたが、ギリギリのところで、人が生きる上での必需品の複雑さもあらためて考えさせられた。

何事もなく平穏にすぎていく日常には、豊かにものがあればたのしい。美しく身を飾る衣類や宝石も、人それぞれの生きてきた歴史につながる生活文化といわれるものは大切だが、それらを一挙に失うこともある。

火事で焼けたとか泥棒に盗まれたというようなものとは異なる、誰かに怒りをぶつけたり、補償をしろともいえない自然の災害だ。ただ耐えるしかない。

かつての戦争のとき、季節も同じ三月十日、東京下町の大空襲の翌日を思い出す。私は教科書出版の会社に勤めていたが、その事務所が神田須田町の角にあり、仕事の間にふと窓の外を見ると、昨夜焼け出された人が列になって歩いていくのが見えた。

すすで黒くなった顔、焼け焦げた風呂敷包みを背負い、片手にヤカンを持っていたり、靴直しの道具ひとつを担いだりしてトボトボ歩く放心したような人々の姿を見ながら、自分もまた、今夜にもあの人たちと同じに家を焼かれ、死ぬかもしれないと思うと、歩いている人を気の毒と思うゆとりもなかった。

六十六年がすぎた今、あの頃よりはるかに豊かなくらしを知った私たちだ。避難生活は本当に辛いと思う。人知の限りを集めて作られた原発もこわされた。水やたべものの汚染が次々に出てきている。

私は人間の力の偉大さも理解しているつもりだが、より大きな力に対して謙虚であるべきだと教えられた思いでいる。

空き瓶に桜の一枝、が訴えるもの

あの大災害から、ちょうど一か月という日の夕方、ニュースの時間だと思ってテレビをつけた。被災地の夜を警備するという数人の男性たちが、青いビニールシートで囲った小屋のようなところでたき火をしている場面が映った。

どこのテレビ局か被災地もわからなかったが、アナウンサーが男性の一人に声をかけていた。このごろ低音が聞きにくい私は、その会話を聞こうとして、画面を見ながら音のボリューム調節をしていた。そのとき、画面の隅に思いがけないものを私は見つけた。何かの空き瓶に、桜の枝が挿してあったのだ。

本当に桜かしらと、話を聞くのも忘れてじっと画面を見つづけていたが、桜の一枝が空き瓶に挿してあるのを確かめた。

アナウンサーと男性の会話はしっかり聞こえているのだが、私は全く聞いていなかった。ただ桜を見ていた。どうしてか、涙が出て止まらなくて、私はその桜を見つづけていた。説明できないのだが、じっと見つめていたら、じわじわと涙が出てきて、どうしようもなかった。

屋根もない、ただ風をよける囲いだけの中に、何かの空き箱にのせた空き瓶に、大切な水を入れて桜の一枝を挿した人は、どんな人なのだろう。多分、そこに集まる男性たちの誰かなのであろうが、津波に耐えて咲いた桜なのか、あるいは高い場所に咲いた桜か、とにかく、それを一枝折ってきて誰かに見せようとしたのだろうか、と私にはいろいろなことが思い浮かぶ。

こんなに厳しい被災生活の中でも、一枝の花を大切に身辺に置く男性たち。さまざまなことが頭に浮かんでは消えた。涙の意味は自分にもわからなかったが、感動の一時だった。

無くなって見えてくるもの

あの東日本の大災害で、幸《さいわ》いにもわが家は棚のものが落ちたり、天井の漆喰《しっくい》にひびが入った程度のことで済んだと思っていたが、思わぬところに影響があった。大事にしてきた井戸水が出なくなってしまったのだ。

あたりまえだが、夏は冷たく、冬はあたたかく感じる。しかも水質のいいおいしい井戸の水を私は自慢にしていた。水を買って飲んでいる人に、あるいはコーヒーやお茶が水道の水ではおいしくないという人に、うちの水を持っていきなさいと、よけいな世話をやいたりするほど水自慢をしていた。その井戸水が、チョロチョロとしか出なくなり、ついには止まってしまった。

しかし、時間をおいて蛇口をひねると、ポンプが空まわりして、またちょっとは水が出る。長いこと使ってきたポンプだから、もしかするとポンプがダメになったのかもしれないと、水道屋さんに頼んだが、震災でいそがしくて、とてもすぐにはきてもらえないとのこと。無理はいえない状態だったから、しかたないとあきらめていた。

一か月ほどすぎて、ようやく今までと同じ型のポンプがさがし出せたからときてくれた。半日がかりであれこれ調べてくれて、私にはわからない操作をいろいろした結果、以前のように勢いよく水は出ないが、少しずつ澄んだ冷たい水が出るようになった。水脈が全く枯れたわけではないことがわかったが、やはりある程度の水が出ると、だんだん少なくなっていく。

でも全く出ないよりは救われた。

それにしても、地震は思いがけないところに影響を及ぼすものだと思った。家も家族も一瞬に失ってしまった人たちのことを思えば、水道が使えて、その上おいしい水をと願うのはぜいたくだと、うしろめたい気持にさえなったが、いや、そうとも限らない、何かあったときに井戸水が役に立つこともあるかもしれない、ライフラインは一番先に電気が使えるようになることが多いから、電気さえくれば井戸水を汲み、もし御近所に水が出ないお宅があれば使ってもらえる、と思った。とにかく、いい水の確保は大切なことだといわなければならない。

そういえば、災害の少し前だったが町会から井戸はあるか、水は出ているか、飲料水になるかという調査があった。災害時に井戸水が使えるかどうかの調査はときどきあるが、どうかわが家の井戸水が、少しずつでも出るように、と願う気持は強い。

毎日、特別のこととも思わず使っているものが、無くなってみると、どれほどそれに頼ってくらしていたかがわかるものだと、井戸水が出なくなって考えた。庭の花にも野菜にも、井戸水を使っていたので、水やりをどうするか、バケツに水を汲んで持ち歩くのは、今の私にはできないし、あいにくカンカン照りで乾いた土は風で舞い上がっていた。ようやくたべられるくらいに大きくなったサラダ菜やパセリや、その他の青いものが、みんな力なくしおれてきているのを見て、野菜作りも、もうできないかしらと考えた。

大災害を機に、私たちも日常生活をよく見つめてみなければならないと思った。大きな恩恵を受けているにもかかわらず、深く考えたこともなかったものが見えてくると思う。

便利さの中で
得るもの・失うもの

何年か前、私はこんな川柳みたいなものを作ったことがあった。

たくわんに　熱湯かける　綺麗好き

ある雑誌の特集で、暑い季節には食中毒が増えるから注意をしていると
いう奥さま方の座談会があり、その司会を頼まれたときのこと。一人の奥
さまが、

「うちでは、お刺身もサクで買ってきて、洗ってからいただきますし、たくあんでも、買ってきたものは熱湯をかけてから、また冷たい水で洗ってたべます」

といったので、びっくりした私の頭に、とっさに浮かんだ言葉だった。揶揄《やゆ》する気持は全くなかったのだが、つい、そんな言葉が浮かんできたのは、一方で「それなら漬けものなんか家で漬けたものでいいんじゃないかな」と思ったからかもしれない。

今年は生肉の中毒事件をはじめ、ほかでも中毒さわぎがつづいて、私たちも気がゆるんでいるかな、と思った。平穏な日々がつづくと、日常生活にこまかい注意をおこたりがちになる。のんびりと、日々の習慣で動いてしまう。

原子力発電への関心も、大災害にあってはじめて身近に感じたのが、私たち大部分の人の本音だと思う。地震と津波だけの災害であれば、立ち直りもっと早くできたにちがいない。一か所の破壊が、日本中に、そして世界中に及ぼす影響ということを考えても、無関心でいられることではないはず。かんたんに反対とか、それでも賛成とか、いうだけではすまされないことを、しっかり考えたいと思う。

今の私たちは、文明社会にどっぷりとつかって、便利で快適な生活をしている。若い人は、生まれたときから冷蔵庫もエアコンも、テレビや洗濯機、電気炊飯器その他もろもろの便利なものが「あるのが当然」というくらしをしてきている。

職場では冷暖房がきいているから、冬なのに上着を脱いで仕事をしている。夏は女性たちに辛い足の冷えで、ひざかけで足を被って仕事をするというおかしな風習もできている。夏の新幹線に乗ると、私はよく風邪をひく。車内は男性の背広姿に合わせた温度に調節されているのだろう。考えてみると、必要以上のエネルギーを使っている生活に、疑問も感じない程、そういう社会に取りこまれてくらしていることに気づかないですごしてきた。

食中毒の問題にしても、事が起きたときだけは過剰反応をする。生ものの危険も、たとえば暑い季節がすぎれば関心がうすれ、忘れ去られてしまい、また冷蔵庫におまかせの生活で無警戒に流れてしまう。そのくり返しでここ何十年を生きてきた私たちであったと思う。

つい先日、同年齢の友人と話したのだが、冷蔵庫が普及していなかった頃の私たちは、動物的な勘で、たべものも、ちょっとにおいが変だとか、色が変わっているとか、箸ざわりがおかしい、等々を自分で判断していた。便利な生活用品の普及と共にそんな能力を失ってきた。その便利で快適な生活を作ってきたものとはエネルギー、つまり電力なのだと話し合い、便利さの中で得たものの失ったもののどちらも大きかったとため息をついた。

むかしの暑さしのぎをヒントに

子供の頃の夏、家の台所の流し台に、西瓜《すいか》がふきんをかぶって洗い桶に入っているのを見つけると、「うれしい、今日のおやつは西瓜だ」と外へ遊びに出るのをやめたことがよくあった。今の子供たちに話しても通じないが、西瓜を冷やすのにそんなことをしていた。

私の母親は、ふきんをかぶせて桶の水を吸わせれば、気化熱を利用して西瓜を冷やすことができるなどという、化学のことなど全く無縁な人だったので、なぜそんなことをしていたのかわからない。ただ、誰かに教えられてそうしていたのかもしれない。

西瓜を冷やす冷蔵庫などもちろんなかったし、まして扇風機など、お金持ちといわれる家にしかなかった。夏は暑いのがあたりまえ、暑くて汗が流れたら、水で顔を洗い、ぬれ手ぬぐいでからだを拭く、そしてうちわであおいで涼をとる。それが夏のすごし方だった。でも、耐えられないほどの暑さを感じた記憶はない。

朝炊いたごはんやおかずが残れば、家の中の一番風通しのいいところにつるした蠅帳《はいちょう》に入れて昼まで置き、お昼にたべ終える。家の中はどこもあけ放しだった。

遊びつかれて帰ってきても、すぐには家に入れてもらえず、裏の小さな庭にバケツに水をいっぱいにして日向《ひなた》水が作ってあるのを盥《たらい》にあけ、行水で泥や汗を洗い流してから家に入った。

東京下町のくらしだったが、何とのどかな時代だったかと思う。窓をあければ隣家のエアコンの熱風がまともに入ってくる今とは違うが、そんな時代を生きた経験からか、私は冷房に弱く、むしろ今年は、あのいやな熱風が少なくなるかもしれないと思ったりしている。

揺れるシャンデリアの下の恐怖

今回の大地震のとき、私はある学校の卒業式に出席していた。ホテルの大広間に二百五十人の生徒とその保護者、学校側の関係者二十人くらいで、卒業証書授与の式を行っていた。そこへ、経験したことのない大地震だった。

私たちはまず生徒たちを安全なところに逃がすことに必死だったが、ふと天井に目をやった私は、冷たい水をかぶったようにぞっとした。天井にいくつもつり下げられている立派なシャンデリアの揺れを見たからだった。

ホテルの高い天井から、あの大きなものが自分の上に落ちてきたら、まず助かる見込みはないと思った。

この広間に入るとき、私は天井のことなど全く気にもせず、誰かとしゃべりながらのんきにこの大広間に入ってきた。美しいし、豪華な雰囲気のあるものだから、結婚式をはじめお祝い事の会場にはぴったりのものだと思う。

そういえば、このごろの小さな建売住宅などにも、居間や食卓の天井に小さいながらシャンデリアがついているのを見かけるが、誰もあんな大揺れに揺れるのを見たことはないであろう。

私にとってはあのシャンデリアの下にいたときの恐怖は忘れられない。もし落ちてきたら、どの方向に逃げようか、ガラスが飛び散ったらどう防ごうかと、身構えていた。

庭で震えながら、毛布を借りてしのいでいたが、揺れるシャンデリアの音は耳に残っていた。素人の私にはわからないが、おそらく万全の安全が計算された上で、天井からつり下げられているのだろう。でもあんな揺れが想定されていたであろうか。

豪華さも必要に違いないが、人の集まる場所では、万一のことを考えてほしい。事故は起こらなければ問題にされないことが多い。

どこにいても想定外のことは起こる

会合があってタクシーで出かけたが、かなりのゆとりをみて家を出たのに道路が混んで、しかも高速道路に入ってしまったので、ただ待つより方法がなく、いらいらしてしまった。

何とか間に合ったが、いらいらと待つ間、私はニュージーランドの地震のことを思い、もし東京であんなことが起こったらと考えていた。

ふだんは家にいることが多いので、もし地震があったらと、ベッドのそばに長靴や着るもの一式を大きなポリ袋に入れておいたり、どこから逃げ出すかを決めたりしてある。が、わが家は平屋だし、屋根には重い瓦ものっていないので、つぶれたところで、どこかからはい出せると思っている。とはいえ古い家で、しかも「超ローコストだからね」と、家を建ててくれた浜口ミホさんからいわれているので、ビクともしないとは思っていない。ただ、「あちこちボルトで留めてあるので、地震ではよじれるけれどつぶれないから」といわれているせいか、それほど恐れてもいない。

それでも自分ではどうにもならない外出先での災害だ。東京のように、あちこちに地下街あり、地下鉄あり、高速道路ありで、私は地下鉄をよく利用しているし、ここ何十年大地震災害のなかったため警戒心が薄れているから、どんなことになるのかわからない。

もちろん、専門家が知識のありったけを注ぎ込んで作った建設物だろうが、何が起こるかはわからないと思う。

地下にある高速道路で車が動かないときなど、私はいつも、こんなに地下を掘ってしまって、大丈夫なのかしらと思う。人間の頭脳はすばらしいが、それ以上に自然の力は計り知れないものがあることを考えるから。

要・不要をよくよく考える

「要らないお鍋や包丁があったら、何でももらえないかしら」

身内のものから電話があった。何に使うのかときいたら、

「知りあいのヘルパーさんが、今度八十歳の男性の食事の世話を頼まれたんですって。ところが、今までは誰かと同居していたので、世帯道具が何にもなくて、お鍋や食器が少しでもあればたべものの作りおきも一食分とか二食分はできるのだけど、といわれたの」

という返事で、とにかく何もないのだという。

身内のものがちょうど炊飯器を買い替えたところだったので、それを使ってもらうことにした。八十歳の人はこれで炊きたてごはんがたべられると大喜びだったそうで、私のところには要らない鍋や食器類もあるのではないかと思ったのだそうだ。

そういわれて私は考え込んでしまった。たしかに私は、一人ぐらしにしては食器も多く持っている。かつて料理の仕事をしていたときに必要で買ったものも残っているし、夫との旅先で買った思い出のものもある。日常使っているものが多い。

それは、この料理はこの器に盛りたいとか、インスタントラーメンをたべるにしてもこの丼でたべたいというたのしみのために、私には必要だと思ってくらしてきた。勉強会の友だちとの会食には、大きな鉢や皿も使う。茶わんや取り皿も必要だ。

ものを少なく持ってすっきりくらすのはいいことだと思う。私も不要なものは買わない。ただ、人は誰しも心を満たすものに支えられて生きているのだから、要、不要はよくよく考えてみる必要があると思う。

このところ、捨てること、持たないことが流行のようになっているが、まあ、考えることが先だと思う。

避難所ぐらしに香りのいいせっけんを

外出の予定がない日は、朝の歯磨きと洗顔のついでに、寝相が悪くてくちゃくちゃになっている髪にブラシを当てるだけで、すぐ花や野菜に水をやったり食事の支度をはじめ、そのままで一日をすごしてしまうことが多い。

洗いっぱなしの顔が突っ張って、そうだクリームをつけるのを忘れていたと思い出して、自分で作っているレモンの化粧水と、姪が買ってきてくれる保湿クリームというのをさっと塗る。

若いときからほとんど化粧というほどのことをしていなかったので、そのままですごしているが、髪は自分でカットできないので、近くのおなじみの美容室にいく。もう三十年近く同じところにいっている。二か月に一度くらい、そろそろカットの頃だとはがきをもらうのでカットにいく。

家にいても、取材の人がみえたり、突然の来客があったりで、何もかも一人で対応しなければならないので、清潔な身だしなみには気をつけるが、若いときからずっとそんなふうにすごしてきた。

家族といっしょの頃は、もっと忙しかったので、夜寝る前にゆっくりお風呂に入って、クリームをたっぷり塗るのが私の唯一のおしゃれだった。

避難所ですごす女性の方に、インタビューする人が、今一番ほしいものはときいたら、

「お風呂に入りたい」

というのをテレビで見たとき、そうだろうなと思った。

私も東京に毎日空襲があった頃の願いは、毎日お風呂に入ることだった。化粧せっけんなど手に入らなかったから、洗濯せっけんで髪も顔も洗った。

そんなことを思い出しながら、せめて避難所ぐらしの入浴には、いい香りの化粧せっけんが用意されたらいいな、と願った。

国難の真っただ中、政治家たちは――

台所のことや身辺のことばかりにかまけている私でも、このところ、新聞やテレビで見る政治家たちの動きには、何か我慢のできないいらだちを感じてしまう。どこを向いてものを考えているのかしらと、テレビに向かって声を上げてしまう。

災害から三か月、まだ片づかない災害地の荒れた風景や、避難所ぐらしの人たちの声を聞いていると、私たちの国は、これだけ国民を粗末に扱う国だったのかと悲しくなる。

原発の事故が重ならなかったら問題はもっと早く片づいていただろうが、次々と起こってくる問題にどう対応したらいいかを、なぜ政治家たちは党派を超えていっしょになって国民を守るために働かないのか、私にはどうしてもわからない。

被災者はお互いに助け合い、国民はささやかでもできることをして被災地の人たちの役に立つことをしようとしてきたし、それは今もつづいている。人の心があるからだと思う。

原発を導入したのは自民党の時代だった。絶対に事故などは起こらないということであったが、科学に想定外ということはあってはならないそうだから、万が一というときにはどうするかも研究されていたのではなかろうか。だからこそ、経済発展のために必要とされた原発だったのだ。

が、今回の福島だけでもこれだけの経済的ダメージが出ていることを思えば、地震国である私たちの国の将来に不安を感じない人はいないだろう。国難とさえいえる今度の東日本の災害を、国民の代表であるはずの人たちが、聞き苦しい言葉でいい争いをしているのを見ると、とにかく、国民が何を望んでいるかを、まず考えてほしいと、一言いいたくなった。

外国人の目から見た災害時の日本人

加藤恭子編『私は日本のここが好き！　特別版　親愛なる日本の友へ』（出窓社）を読んだ。外国人の目から見た日本人を語るというシリーズで、今回は東日本大震災と日本人がテーマになっている。

フランス文学研究者として知られている加藤さんだが、実に幅広い活動をされている。このシリーズは、仕事のひとつとして上智大学のコミュニティーカレッジで講座を持つ加藤さんと、その受講生のみなさんが協力して、インタビューや依頼に応えてくれた外国人の話をまとめた特別の一冊だという。

あの災害のとき日本人が実に冷静で、礼儀正しく、互いに助け合う実情を見た外国人が、おどろきの言葉で称賛してくれたことは、メディアも伝えていたが、一冊にまとめられた言葉の数々を、じっくり読んでみたいと私は思った。

日本に住んでいる外国人、海外からの寄稿、メッセージのほか、日本人としてどう受け止め、これからの方向を示す力の入った寄稿など、行き届いた編集で読みやすかった。

インタビューは、いわゆる偉い人とか、有名人ばかりを考えたものではなく、小さな飲食店でアルバイトをしながら日本語を学ぶ学生もいるし、長年日本に住んでいるアメリカの会社の日本代表とか、さまざまな立場の人たちで、災害時以外の日本人についても語っているのが、私には興味深く参考になった。

私も三月十一日は東京で帰宅難民の経験をした。友人の家に泊めてもらって助かったが、あのときの自分のことを考えた。

自然が引き起こした災害というものには、いつも「人間の力ではどうにもならないのだ」という諦めと、「騒ぎ立ててもしかたがない」という気持があったと思い出す。ただ黙々と歩いている人もそんなふうに見えた。

三章

いのちをつなぐたべものの力

たべることは前に進む原動力

熱々のすいとんを届けたいな

戦争末期の炊き出し体験

私の炊き出し体験は、夜学の栄養学校に通っていた頃、農繁期に農家の人たちのお昼を作る手伝いにいったのが初めてだった。そのとき、熱いごはんを握るときは、軍手を塩水につけ、手にはめて握れと教えられた。

太平洋戦争も末期に近かった頃だ。男たちは軍隊にとられ、留守を守っているのは女と老人と子供ばかり、私たち栄養学校の生徒は交代で農家を手伝いにいくのが料理実習だった。といっても握りめしを作るのと、ごった煮のように、あり合わせのものを入れたみそ汁を作るくらいで、たんぼや畠《はたけ》の仕事を手伝うわけではなかった。

それどころか、お米も野菜も道具類もすべて農家で用意してくれて、私たちも、いっしょにたべなさいといわれて大喜びだった。何しろ、白米のおにぎりなんて、めったにたべられない時代だった。炊き出しとはいわず、共同炊事実習といっていたが、要するにお手伝い程度のことであった。

あの戦争は、空襲を受けるという初体験を日本人にさせたが、東京が大空襲で焼け野原になったとき、焼け出されていのちからがら逃げることのできた人たちに、国は何の保障もしなかった。ささやかな非常持ち出し品を背負って逃げたものの、火の中をくぐって走りまわっているうちに、背中の荷物に火がついて捨ててきたと話す人もいた。

すすで黒くなった顔、目は煙にまかれて真っ赤になった人たちを、まだ家のある私たちが、一夜の宿をするのがせめてものいたわりだと、私たちが指令を受けたのは町会からだった。

当時私は東京の杉並に住んで、神田の出版社に勤めていたが、多くの家では奥さん方が子供を連れて疎開していたから、まだ二十代の私が、町会から隣組長だの婦人会長だのという役目を仰せつかっていた。

そんな事情で被災者を各家に一泊でもしてもらうのは無理だということになり、町会の集会場に泊まってもらうことにし、ふとんを持ち寄り、炊事を手伝ってくれる人を町会でさがしてもらい、迎える準備をしたが、私が用意できたのは、庭で摘んだはこべと、配給のとうもろこし粉とイリコ。持っていきたくても、自分のたべるものさえなかったのだ。よれよれになった被災者たちを、なぐさめたくてもそれができない貧しい炊き出しの用意だった。

作りおきのおかずは、お茶がらの佃煮《つくだに》しかなかった。その晩にでも、自分も焼け出されるかもしれないことを思うと、悲しみとは違う涙が出た。

辛い日々を記憶に刻むすいとん

私の炊き出しまがいの体験は、いずれも、たべるもののない時代に結び付く。今はとうもろこし粉のパンなども、バターやチーズなどがたっぷり入ったおいしいごちそうパンだが、あの頃のとうもろこし粉はまずかった。あの粉で私はすいとんを作ったのだ。

すいとんは今も私はときどき作るが、鶏肉をたっぷり入れ、かまぼこだの野菜だのとおいしいものを入れ、まっ白な粉を卵水で練って入れたりする。若い親類の子たちにたべさせると、お代わりをする。ごちそうなのだ。

今年（二〇一一年）の三月、寒さの中のあの東日本大震災が起こったとき、私は、冷たい講堂に避難している人たちに、熱々のすいとんを届けたいなと切に思った。

今の私には、気持はあってもからだが動かない。豚汁やおしるこを作って被災者にたべてもらっているのをテレビで見ながら、あの焼け出された人たちに、こんな炊き出しができたら、私もうれしかったろうにと思った。今、私の身のまわりにいる若い子たちは、飢えも知らないし、日常生活で不自由な思いをしたこともない。だから、私もむかしの話はしない。けれども、ふとしたきっかけで、あの辛い思いですごした日々のことを、どうしても書きのこしておきたい気持になり、戦争最後の一年間だけ日記を書いたことを思い出し、それをもとに空襲下の日々のことを書いている。

毎年八月十五日に、この日記の八月十五日のところを読み返してきたが、その日すいとんを作るのも私の年中行事になっている。

ひと手間で、しまりのある味に

久しぶりに電話をくれた知りあいの奥さんが、用件の話のあとで、「そうそう、ずっと以前に教えていただいた、おひたしの振りじょうゆのこと、ずいぶんいろいろな人に教えてあげて喜ばれたので、御報告しておかなくてはとずっと思っていたの。意外に知らない方が多かったので、私ばかりじゃなかったと、ほっとしたわ」

私は忘れてしまっていたが、その奥さんから、お連れあいに「うちのおひたしは、何となくしまりのない味だ」といわれるが、どうしたら、しまりのある味になるのかときかれたことがあったことを思い出した。その人がまだ新婚間もない頃であったことも。私は料理の仕事でテレビなどに出ていたので、そんなことをきかれたのだろう。

料理番組の台本を書いたり、司会をしたりしていたので、いろいろな先生におめにかかり、調理の過程を見せていただいたり、たべさせていただいたりしていた。また、有名な料亭の御主人や板前さんの仕事を見せてもらい、調理したものをすぐ味わうというしあわせの中で、私はもうひとつ、ちょっとした手間のかけ方で、でき上がったものの味が違うことをおぼえることができた。振りじょうゆのことも、そんなときおぼえたことだった。

たとえば、ほうれん草のおひたしでも、茹《ゆ》でて水洗いしたのを軽くしぼって巻き簀《す》の上に並べ、ほんの少しのしょうゆを振りかけておき、盛り付けの前にくるっと巻いて余分の水けをしぼると、あるかないかの淡いしょうゆの味と香りが残り、形のきれいな、きりっとしたおひたしに切り揃えられる。盛り付けてから、だしで割ったしょうゆをかけ、糸がきのかつおぶしがふわっとのせられる。そんな結構なおひたしをたべさせてもらったら、せめて振りじょうゆや、割りじょうゆを作りおきしてやわらかい味のおいしいおひたしを家族にもたべさせたいと私は思った。

そんなとき、その奥さんに「しまりのない味」のおひたしの話を聞いて、私は自分が感動した板前の作り方を話したのだろう。

今の私は一人ぐらし。台所仕事もていねいさを忘れていると思うが、おひたしや和《あ》えものにする菜っぱ類に振りじょうゆをすることだけは、身についた習慣というか、自然に手が動いていく。もっとも、巻き簀も出さず、盆ざるでもなく、まな板の上にひろげてパッパッとしょうゆを振り、余分な水けをしぼるのも、手でしぼってしまう。洗いものを少なくしたいからだ。

ほうれん草など一袋分を茹でると、おひたしとして食卓にのせるのはせいぜい五分の一程度だから、あとは、そのまますぐたべられるように切って保存容器に入れ、冷蔵庫に、というぐあいで、こうしておけば、ごま和えや汁の青みにもすぐ使える。

年をとっての一人ぐらしで、食事も自分で作ってたべているというと、よくいわれるのは「たいへんでしょう」ということ。

くいしん坊の私は、おいしいものをたべたい一心で、作りおきを上手に使いまわし、一番たべたいもの一品をていねいに作る。

こんなことを書いていたら、グリーンアスパラのおひたしがたべたくなった。割りじょうゆと、けずりがつおをたっぷりかけて。

一人だから、の紅茶のぜいたく

少し前になるが、清川妙さんとランチをごいっしょしたとき、

「ほんの少しだけれど、新茶なのよ」

と、紅茶をいただいた。紅茶にも新茶があるのだと知ったのは、ある日デパートの地下を歩いていて、有名な紅茶の店のショーケースに「新茶」の文字を見つけ、それが普通の紅茶より倍くらいの値段であったのにおどろいたときだった。だから、清川さんにその店の新茶をいただいたとき、思わず、

「ぜいたくなものいただいて」

といったことをおぼえている。

家族がいた頃だったら、紅茶好きだった姑と三人で、お茶の時間をたのしむためにと買っただろうが、今の私は一人ぐらし、なんとなく、ぜいたくすぎるような気がして、紅茶の新茶とは縁遠くなっていた。一人だからこそ、そのくらいのぜいたくはしなさいよと、私の中のもう一人の自分が笑うのだが、長年、世帯くさくやりくり生活をしてきた私の身についた感覚が残っているのだろう。

それと、紅茶に関しては、ぜいたくをさせてもらっているせいもある。私は姑や夫の食生活に影響を受け、朝食には欠かせないのが紅茶である。自分でもいろいろな店で買うが、今は、近くに住む高見澤たか子さんがイギリスから取り寄せる紅茶をもらって飲んでいる。

高見澤さんのお連れあいが、定年退職をしたのを機に少し長く御夫婦でヨーロッパ旅行をしたとき、中途から私も同行させてもらったことがあった。そのとき、ロンドンの紅茶の店で買った紅茶がおいしくて、高見澤さんは今もそこから直接取り寄せている。私はその恩恵に甘えているわけで、紅茶にはぜいたくをさせてもらっているので、新茶をぜいたくすぎると思ってしまうのだ。

そのくせ、日本茶の場合は、まだ八十八夜の前から、新茶を売り出す店も多いので、「新茶あります」の紙が店頭にはり出されると、高くてもいそいそと買ってしまう。おかしなものだと、自分でもその気持の違いはわからない。

「ぜいたく」といえば、このごろのはやり言葉の「めっちゃ」が上につく「めっちゃ、ぜいたく」というのを聞いて、なるほど、こんなふうにして言葉が変わっていくのかと思ったことがあった。

身内のものが集まる機会があり、帰りに「おなかすいたね」という若い子がいて、おばちゃんがいっしょだから、ちょっと何かたべさせてもらおうということになった。

一人が、知っているイタリアンの店にいこうといった。みんなでメニューを見ていたが、ピザと肉料理とサラダを注文していた。それをたべながら、男の子も女の子も、「めっちゃ、ぜいたく」「めっちゃ、うまい」などといっている。めっちゃというのは、めちゃくちゃということなのだと思うが、こういう言葉の使われ方に、違和感を持つ私のようなものは少数派なのだろうから、若い子たちにあれこれ文句をいう気はない。

ただ、いいおじさんが「めっちゃ、うまい」なんていっていると、どうも気持がおさまらない。これもはやり言葉だが「品格」がほしい。

小鍋さがしもひとつのたのしみ

立秋の日が亜熱帯並みの湿気の多い暑さで、地球の様子はますます気にかかる。でも、暑さも峠をすぎて、何かほっとする頃の涼風は気持がいい。とくに、ふと秋を感じる夜の風は、虫の音といっしょになって快い。

私の住いは茂るままの草や大小の木々に囲まれているので、蚊は多いし、いろいろな生きものが自由にくらしている中に、もう長く建っている。ボロ家《や》だけれど、窓をあけ放せば緑を渡ってきた風が家の中を吹き抜けるので、夏は実に快適だ。冬は日あたり満点だからいうことなし。私がいなくなればあとに住む人はいないので、いま修理しなければ住めなくなるというところだけ、仲よしの大工さんに面倒をみてもらい、できる限り静かに、今の私の力でまかなえる、身丈に合ったくらし方をしている。

夜風が快い季節になると、つい夜更《ふか》しをしてしまう日が多い。ルーペ片手に本を読んでやめられなくなったり、ほかのことに取りまぎれていて、新聞が古新聞になりかけている昨日の新聞を、読んでいることもある。その間にも門扉のカギをかけるとか、明日は資源ゴミの日だったと、ゴミ出しの用意をしてみたり結構動きまわっているので、ちょっとおなかがすいてきたりする。

お菓子やくだものはいつも冷蔵庫にあるが、やや肌寒さを感じる夜更けには、おなかにやさしいあたたかいものがたべたくなる。冷凍してある酒糟を使って甘酒を作ったり、使い残りのそうめんで煮ぞうめんを作ったり、ガラスープで作ったコンソメに、あり合わせの野菜と冷凍の一口餃子を二、三こ入れて熱々の水餃子風のものをたべたりする。そんなとき使うのは抹茶茶わんで、その程度の量が一番いい。

今私は、一人前用の土鍋をさがしている。長く使っていた一人鍋を不注意でこわしてしまったので、より便利で今の私に使いやすいものをと思うと、なかなか思うようなものがない。外国製の美しいものもあるが、今の私には重くて扱えない。程よい大きさで、軽くて、形もいいものをと思うと、ぴったりするものになかなかめぐり合えない。外へ出ることが少なくなって、デパート売り場をのぞくこともめったにない。姪に頼んでも、重さは自分でなければ程のよさがわからない。

若いときには食器や調理器具の重さなど問題にならなかったから、たとえば馬の目皿など大皿も取り分け皿も揃いで使っていたし、益子焼の大鉢や皿も、ふだん使いにして平気で扱っていたのに、今は、そういう重い食器は戸棚に眠っている。

これから冬いっぱい、私の朝食は牛乳がゆが中心になるので、とにかく軽めの土鍋を一つ買いたい。卵、わかめ、青菜、ふかしたさつまいもなどを加えて牛乳で冷やごはんを煮るだけのことだが、牛乳がすぐ吹きこぼれるので、一人鍋といってもやや大きめでないと不便なのだ。

突然ラーメンがたべたくなったり、湯豆腐がたべたいときもある。何でも引き受けてくれる鍋がほしいのだが、鍋やきうどんやラーメンなど、食器も兼ねた鍋がいい。ま、気ながにさがすのもたのしみのひとつだから、散歩しながら見つけるつもり。

ゆべし作りは私の年中行事

今年も私のゆべしができ上がった。寒中に湿度二〇パーセントくらいの日がつづいたせいか、例年より早くでき上がったようだ。

私の作り方は、もう何度も書いているのでごくかんたんに、初めてという方のために説明させていただく。

ゆべしの作り方

まずゆず釜を作り、中に八分目ほど八丁みそを詰め、一度蒸してから和紙に包んでてるてる坊主のように軒につるす。寒中の風にさらして、薄く切れるくらいに程よく乾かす。これだけのことだが、あまり乾きすぎれば薄く切れないし、やわらかすぎれば切りにくい。

私のゆべしの味は八丁みそとゆずだけ、そしてみそを扱いやすくするためのお酒しか使っていないから、私が作ったといっても材料の処理と管理だけだと思っている。だから、仕上げまでの面倒をみるのが私の役目なのだと思って、ときどき乾きぐあいを確かめている。

もう、何十年も自分の年中行事としてつづけているので、元気な間は、生きがいのひとつとして、むかしの味を忘れないためにつづけたい。

また、毎年これを作ってくださる方がいるのも、私の励みにもなっている。また、知らないところで私と同じようにご自分の年中行事にしてくださる。

さっている方がおられることを知り、感動している。

私の友人が、岩手のある町に講演にいったとき、主催者の方の茶会に招かれてそのお宅を訪ねたら、私の家にあるのと同じようなてるてる坊主が軒下につるしてあるのを見つけた。きいてみたら、私の本で作り方を読んで作っているのだといわれたとか。旅先から電話で知らせてくれた。うれしいお話で、感激した。

はじめ、保存食として作られたものであろうが、作り出した人への感謝も忘れたくない。

八十歳差のボーイフレンドと
いつもの店で

久しぶりに、いま中学二年生のボーイフレンドに会った。今年の私の誕生日にはお母さんと二人の名で、きれいにアレンジメントされた花籠を届けてくれた。一年ぶりくらいかしらといいながら、背丈が急に伸びているようできいてみたら一八二センチだとか。私とは三〇センチ以上の差で、見上げて話をしなければならない。小学四年生のときからのつきあいだが、知りあったときは私とあまり差のない背丈だったと思う。学校ではバスケット部で活躍しているようだ。

少年はＪくんという。お母さんとは仕事上のおつきあいだったが、いっしょにしていた仕事が終ってからの方がしたしくなったような気がする。息子さんのＪくんともつきあうようになった。私にとっては最年少の男友だちになったというわけである。

Ｊくんは、お母さんと私のおしゃべりを、いつもだまって聞いているが、それをよくおぼえている。ほぼ八十年の年の差の私ともつきあってくれているのだから、うれしい限りで、彼が好きだというラーメンをたべにいくのだ。彼とのはじめての出会いのとき、どんな話をしていいのかわからず、私は、

「たべるもので一番好きなのは何？」

ときいたら、

「ラーメン」

といったのがとてもかわいくて、「じゃ、今度いっしょにラーメンをた

べにいかないかな」といってみた。それからは、私の好きな中華料理の店で会うようになった。

九十歳をすぎた頃から、私はお客さまを自分の手料理でもてなすたのしみも、少しずつむずかしくなってきたので、気のおけない店で、私もサービスをしてもらって食事をたのしむことにしている。今回も、いつもの店で三人テーブルをかこんだ。

「今日は何をたべようか」

と相談しているところへ、まずはお茶をと女主人がポットに熱いお茶と茶わんを運んできてくれた。するとJくんは茶わんをみんなの前に置き、私、お母さん、自分と、お茶をくんでからメニューを見ていたが、

「この前たべたレンコンにお肉をはさんで揚げたのがおいしかった」

といった。その料理をたべたことさえ忘れていた私は、よくおぼえてい

るとおどろいた。私たちの様子を見ていた女主人が、材料があるから、あの料理はすぐできるといってくれた。ニコッとしたJくんを見ていたら、中学生になったばかりのとき、クラスにいじめっ子がいると話していたことを思い出し、その後どうなったかときいてみた。

「もう、いじめなくなった」

と話すJくんの顔は小学生の頃のようにあどけなく見えたが、将来の進路について考えていることを話す顔は十四歳の顔だった。

一人っ子のせいか、もの静かで、お茶のサービスをしてくれる様子など見ていると、よく躾《しつ》けられているのがわかる。

この少年が生きていくこれからの日本社会は、決しておだやかだとはいえないだろう。どんな未来が待っているのか、たとえ生きにくい日があっても、心がくじけないように強く生き抜いてほしいと願う気持になった。

ごく普通のたべものを大事に味わうことこそ

「食通」にすすめられた外国製のチーズ

「食通」という言葉を見聞きすると、どうしても思い出してしまう人がいる。

速記者として働いていた頃、仕事でよくおめにかかった人で、おいしいものをたべさせるという店にも連れていってもらった恩のある人だ。

速記者仲間から、

「あの先生は食通だから、おいしい店をよく知っているって評判よ。そんな店に連れていってもらえるなんてスゴイじゃないの」

とうらやましがられた。たしかに、しあわせなことだった。あの、魯山《ろさん》人《じん》の星岡《ほしがおか》茶寮《さりょう》にも連れていってもらったことがある。身分不相応なしあわせだった。

あるとき、その先生から対談を速記してもらいたいからと連絡を受け、指定された出版社にいった。一時間ほどの仕事がすみ、帰り仕度をしていると、対談のお相手が持ってきた外国製のチーズとお酒で、もう少しお話をすることになり、帰ろうとした私に、珍しいチーズなので、ちょっとたべてみなさいと切り分けたチーズのひときれを爪楊子《つまようじ》に刺して出してくれた。

味わったとたん、私は「ゲッ」となりかけて、あわてて口をおさえた。他の人には見えないように、ハンカチにチーズを吐き出し、

「すみません。たべたことのない味で、私にはたべられなくて」

とあやまって、そそくさと出版社から出てほっとした。

駅のホームにあった水道の水で口をすすぎ、人心地がついたが、私にチーズを手渡してくれたあと、あの先生も一口たべたとき、一瞬ちょっと変な顔をしていたけど、

「うん、これはうまい」

とすぐにいった。あれは本当においしかったのかなあと、自分が醜態《しゅうたい》を演じたことであわててしまったが、電車の中で落ちついたら、そんなことを考えていた。ああいうものもおいしく感じるのが食通といわれる人なのか、とも思った。

私は、たべなれないものに弱かったのだろうか。今でもあの疑問は消えない。

豊かで、無駄の多い今の食生活

今の私はチーズの味にもなれてきて、たいていのチーズはたべるが、自分で選んで買ってくるのは、ゴーダとかブリーや日本製のカマンベールといったくせのないものばかり、ブルーチーズは塩のきついものがあるので、あまり買わない。私の育ちの中にチーズはなかったのだ。

納豆はどうしても臭くてたべられないという人がいる。私は炊きたての熱いごはんに、ちょっと和辛子と刻みねぎを加え、しょうゆ味をつけてかきまぜた納豆をかけてたべるのが大好きだ。においなんて一切気にならない。でも、嫌いな人には、なんであんな臭いベタベタしたものがおいしいのだろう、と思うにちがいない。

たべものにくわしいとか、どこの店のものでなければという好みに偏した人、いろいろな人がいるけれど、要するに、自分のおいしいと思うものをたべたいというこだわりを持っている人が、食に通じた人といえるのではないのかしらと私は思う。ごく普通のたべものを大事に扱い、味わう人とでもいったらいいのだろうか。

ときにテレビなどで見るのだが、おいしい一品を作るために、どこの土地のどういう食材を集めたという、特別のものばかりを好む人もいるが、一般人には手のとどかない食材を使っての料理は、おいしくてあたりまえ、特別のものを味わえる人たちの間だけに通じ合うものだろう。

たまたま今、私はあの※十五年戦争最後の一年間を書きつづった自分の日記を読み返している。食糧不足の上に、日夜の空襲を受けながら会社づとめをしていた自分を、よく生きていたと思う。顔の映るような芋がゆにゴマ塩をかけるだけの食事でも、たべられればよかった。たべられるものは何でもおいしかった。

そんな日記の中にのめり込んでいるせいか、今はなんという豊かな、あるいは無駄の多い食生活をしていることか。平和で豊かな社会の中でしか、食通なんて人はいないのだと思う。

※十五年戦争……一九三一年の満州事変、一九三七年の日中戦争、一九四一年の太平洋戦争を経て、一九四五年の戦争終結に至るまでの足掛け十五年にわたる紛争状態の総称。

あの頃たべたかったもの

いま私は、かつて東京が毎日のようにアメリカ軍による空襲を受けていたときの、昭和十九年秋から終戦までの自分の日記を読み返しているが、読んでいるうちに思わず声をあげて笑い出してしまったところがあった。

当時の私は二十七歳、速記者として働いていた頃であった。国鉄とよばれていた頃の鉄道省関係の仕事をしたある日、仕事先で早い夕食をごちそうになったことが書いてあり、大豆入りのごはんに、大豆を煮たのがおかずだったが、量が多かったのでうれしかったとも書いてあった。

厳寒の二月の日記だが、家に帰ってもたべるものがなく、お茶もなくなっているので熱いさゆを一杯飲んで、今たべたいものは何かを思い描いた、とある。

「今、一番たべたいのはえびの天ぷら。甘い上生菓子、焼きたてのまだ熱いあんぱん、二十世紀梨、歯にしみるような甘酸っぱいカリカリのリンゴ、生あんず、マスカット、夏みかん、茹で卵もたべたいな。そう、まぐろの握りずしを、おすし屋さんの大きな湯飲みで熱いお茶といっしょに口に入れてみたい。そんなことを考えていたらおなかがすいてきた。早く寝よう」

空襲の夜空を見上げながら、こんなことを考えていた自分の姿を思い出したら、こみあげてくるおかしさで一人笑い出してしまったのだが、笑いながら、切なさもわいてきた。

ファッションにも、化粧にも無関係でひたすら働いて、たべるもののもなく、ましてアンチエイジングだなどとはいっていられず、ただ平和を願ってきたあの頃を、知る人が少なくなるとともに、平和は遠のくような気がする。

笑って切ないチグハグな気持を味わった。

四章

たべたいもので元気を養う

たべものが運んでくれるしあわせ

シュークリーム一このしあわせ

大学生の孫を持った友人から、孫の就職がやっときまったという電話がきた。幼いときから私もよく知っている明るい女の子の話であった。

あちこち受けたがなかなかきまらない就職に、友人は心配していたが、まずは朗報を得た喜びを私に伝えたかったという。

「あの子、かわいいのよ。電話で知らせてきてこんなことをいうの。就職のことではたくさん苦労もしたので、自分へのご褒美にシュークリーム一こ買ってお祝いにたべたら、とてもしあわせだったのですって。

一こじゃなく、もっとたべてもよかったのにといったら、今月のバイト代がまだ入らないのでピンチだったから、というのよ。シュークリーム一こでしあわせになったなんて、かわいいでしょ」

友人の言葉に、私も同感した。

まだ、ほかに希望していた就職先があり、四月いっぱいにはきちんときめることになっているとか。

「じゃあ、本ぎまりになったら、お祝いに私が好きなものたべに連れていってあげると伝えておいて」

といった。その就職先は本人も希望している仕事だそうで、それが一番のしあわせではないかと私は思った。

友人の孫ばかりではない。今から社会に出ていく若い人たちは、決して気楽に生きていけるとはいえないだろう。

だが、大災害で仕事も住む場所も、家族まで失ってしまった人は、もっとたいへんだと思う。これからのくらしをどうしていったらいいのか、いのちは助かったものの、生きることへの意欲をどう支えていけばいいか、これからがたいへんだ。

シュークリーム一この自分へのご褒美は、さまざまな意味で、ちょうどよかったのかもしれない。

「茹で卵とおすしが一番好き」な人

三月二十六日の「新潟日報」夕刊「昭和の風景後世に」で、豊田正子《とよだまさこ》さんのことが書かれていた。昨年（二〇一〇年）十二月九日に八十八歳で亡くなった豊田さんの名は、若い方にはなじみがないかもしれないが、私たち高齢者にはとても懐かしい名だ。

豊田正子さんは私より年下ではあるが、同世代といってもよい時代を生きた人だ。しかも、関東大震災で焼け出された私は、家族ともども下町の親類の家に世話になっていたので、『綴方《つづりかた》教室』がベストセラーになったときは、とてもしたしみを感じた。そして、綴り方って正直に書くと面白いのだと思った。

映画になったり芝居になったりしたのに、当時の私はあまり関心を持たなかったのか、見た記憶がない。

初めて豊田さんに会ったのは、どういう事情であったかこれも忘れているが、豊田さんが夫を訪ねてわが家に見えたときだった。

玄関でお名前を聞き、え？　あの豊田正子さんが？　とびっくりしたが、それから数回、わが家に見えた。一度、夕食どきにかかって、どなたかと二人だったが食事に誘ったら、

「ごちそうになってもいいんですか」

と、明るい声だった。

何が一番好きですかときいたら、

「私、茹で卵とおすしが一番好き」

との答えだった。早速、いつも頼んでいたおすし屋に握りずしを頼み、台所には私の飼っていた鶏の卵が十個ほどあったのをみんな茹でた。

「おいしい」といってくれた声は思い出せるが、表情はどんなだったか忘れた。

五十年くらい前のことだが、「茹で卵とおすし」というのが、いかにも豊田正子さんだと思ったのは今も忘れられない。ご冥福を祈る。

庭のふきを煮て、おすしに

薄味に煮たふきがたべたくなり、ハサミを持って庭に出た。昨日、鉛筆ほどの細いふきが二十本ぐらい出揃っているのを見たからだった。丈はせいぜい三〇センチ、切り取ってみるとまだやわらかい。

ふきの煮もの

そうだ、おすしにしようと、取りあえずやかん一杯のお湯を沸かし、煮汁のだし用と茹でるためのお湯に分け、先に煮汁を作っておく。味は薄口しょうゆとみりん。

ふきは塩熱湯に入れ、二分くらい茹でて水にとり、薄皮をはいで煮汁に入れ、煮立てて一分くらいで火を止め、そのまま浸して味を含ませておく。日がたったものはかたいけれど、取りたての細いふきならこのくらいでいい歯ざわりだと思う。


ここまでしておけば、あとは都合のよい時間にごはんを炊けばいいし、錦糸卵もそのとき焼けばいい。

一日中机に向かっているので、自分のたべたいものを作るのは、ちょっと動きたくなったとき運動をするのと同じで、私には気分転換でもある。

ふきのおすしには、以前は、アジもおいしい季節なので生をそぎ切りにして合わせ酢に浸しておき、そのまま熱いごはんに混ぜ、五ミリくらいに刻んで、煮汁を切ったふきを加えて作っていたが、今は生でたべられるお魚を買いにいくのは遠すぎるので、カニ缶を開けて入れたり、買いおきがなければ、切りゴマを入れる。生魚を入れるときは、お酢に生姜の搾り汁を少し加える。

この季節、私は急におすしがたべたくなって、冷凍ごはんに合わせ酢を混ぜて電子レンジにかけ、酢飯を作ったりもする。でも、錦糸卵だけはできたてをのせる。

年をとったら、あまりあわてなくなったせいか、上手に錦糸卵ができるので喜んで作っている。

「枝豆大好き」のこだわり

「私、このところ枝豆にはまって、毎日たべているのよ」

六月のはじめごろのことだった。ハウス作りのものは寒い季節にも出ているので、私も、いきつけの和食の店ではたべていたが、毎日となると高価にすぎると、つい買いそびれる。友人が買う店を知っているので、

「まだ、お値段たかいでしょうね」

といったら、友人は、

「一人で、働いているのですもの、たべものはぜいたくしているの」

いつもは、私がいう台詞《せりふ》だと思い、お互いによくわかっているので笑ってしまった。私の方が、長年の家計のやりくりが身についているので、そんな感覚になってしまうようだ。その私も、少々高価だと思っても、たべたいと思うと買ってしまう。

出盛りになると、私の「枝豆大好き」を知っているしたしい人たちが、山形のだだ茶豆や、新潟の茶豆をたくさん送って下さるので、飽きることなく、毎日いただいている。

一人ではお酒類を飲むことがないので、夕食には茹でたてを、冷たい麦茶で心ゆくまでたべる。誰かが訪ねてきたときは、冷たいビールか、買いおきの赤ワインで、ということになる。この季節、まさに私は朝昼晩のいつでも枝豆をたべている。近所の八百屋さんでも、私の顔を見て、

「今日は群馬のいい豆が入ってるよ」

と声をかけたりしてくれる。

このごろ、少ない水で色よく茹で上げる方法など教えてもらったり、蒸し野菜の中にいっしょに入れて蒸してもおいしいと教えてくれる人もあったが、年をとってきたための頑固さのせいか、私は自分が長年つづけてきた茄で方にこだわっている。

枝豆の茹で方

ざっと水洗いしてザルにあげ、たっぷり塩を振って、もみながらうぶ毛をとり、そのまま、豆が浮き上がらない程度の量の煮えたった湯の中に入れる。茹で時間は豆の鮮度やかたさによって違うから、ときどきたべてみて、このくらいというところでザルにとり、用意しておいた氷水をさらっとかける。すぐ塩を振り、ザルの中で塩を平均にからめるように、上下にあおっておく。

水をかけると味が落ちるといわれるが、私はちょうどよい茹でかげんのところで熱を止めたくて、手早くしようと水で冷やすのだが、とくに、たくさん茹でるときには、これに限ると思っている。

茹で枝豆を使って

茹でたてがおいしいのはわかっているけれど、いっぺんにたくさん茹でておき、おやつにもたべたりするが、冷蔵庫に入れておいたのをサヤから出して、辛子じょうゆで和え、小鉢の一品にしたり、冷やし茶わんむしのトッピングにしたり、ポテトサラダに入れてみたりと、茹でおきも結構使いみちが多い。

お酒と昆布を入れ、淡い塩味をつけて炊いた白いごはんの炊き上がりに、サヤから出した豆をまぜ込んで「翡翠《ひすい》めし」などとしゃれた名にしてみたり、少しの茹でおき豆を使い分けるのも結構たのしい。

暑い日々を健康で乗り切るのがテーマのこの夏、季節のもので栄養価の点でも結構な枝豆を、せいぜいたのしんではどうだろう。パン屋さんにも「ずんだパン」が並んでいた。

これぞ
夏負けに効く料理

六月のうちに真夏のような日がつづいたり、五月半ばの気候になったりと、気温の差が激しかったせいだろうか。さしもの私も、からだの不調を感じて何をするのもおっくうな何日間かがあった。

食欲はあるのだけれど、たべたいものは漬けものとお茶漬けなんて、ふだんはたべることのないもの。あるいは梅干し味の焼きおにぎり。これでは栄養のバランスがとれないから、牛乳やヨーグルトを飲んだり、庭にあるきゅうりと青じそを刻んで塩もみを作り、漬けものの代わりにしていた。

暑さ負けだろうと割り切って、今はこれがたべたいのだから、お茶漬けのおかずを考えてみようと思った。

むかし、中国料理の先生に教えていただいた、冷たいお茶漬けというのがあったと、記憶をたどっていくうちに、はっきり思い出した。

冷たいお茶漬け

炊きたてのごはんをザルに入れて冷水で洗ってぬめりをとり、それに冷たいウーロン茶をかけてサラサラとかき込む。おかずは豚とザーサイときゅうりの細切りを炒め、味付けはしょうゆと酒。材料はみんな揃っている。

炊きたてごはんが好きな私は、わあ、もったいないと思いながらも試してみた。おいしいし夏の豚はビタミンB_1をとるにも最高だから、いいおかずだと気に入った。

でも、私は、このおかずで熱いごはんがたべたくなった。一杯分だけでお茶漬けをやめ、熱いごはんでたべなおしたら、次々にたべたいものが頭に浮かんできて、夏負けなんかしていられないぞと、力が出てきた。

無理はいけないけれど、年をとると自分を甘やかすことが多くなる。楽な方に傾けば無限にそちらへ傾く。その境目だったと思った。

好きな紅生姜《べにしょうが》は手作りで

新生姜の梅酢漬けを作りたくて、梅干しをたくさん作っている若い友人に、「白梅酢をもらえないかしら」と頼んだら、一リットルほどを送ってくれた。

赤しそは買って塩でもみ、白梅酢と合わせればよいように用意しておき、新生姜は塩を擦《す》り込んで二日ほど日に当て、いつでも漬けられるようにして待っていた。

赤梅酢はスーパーでも買えるが、白梅酢は見かけたことがない。もっとも最近は買いものにもあまり出かけないので見落としているのかもしれないが、私は作った人がわかっているものを使いたいので、昨年は北海道のいとこから送ってもらった。今年は少ししか梅を漬けなかったと聞いていたので遠慮した。

一人ぐらしになってから私は梅干しを漬けなくなった。夏は毎日一こはたべるが、おいしい梅干しをいただくので間に合っている。

以前、毎年漬けていた梅干しも残っていて、塩をふいてカラカラになっている。甥の一人が、お湯割りの焼酎に入れて飲むとおいしいとかで少しは持っていってもらった。

一人になっても紅生姜だけは好きなので漬けている。ばらずしにはしその香りの生姜がぜひほしいし、漬けものにちょっと添えたいときもある。少しでも漬けておくと豊かな気持になれるのは、好きだからだ。

私の紅生姜作り

新しい生姜が出はじめると、いつも作るのが紅生姜。

生姜をよく洗って塩をぬりこみ、二日くらい日に干し、水分を抜く。少々しんなりしたら乾いたふきんで全体をよくふき、梅酢に漬ける。自宅で梅干しを作らなくなってからは、友人にもらっているが、赤しその出る頃は赤梅酢も市販されているので、それを使うこともある。

塩がうすいとカビが生えることもあるので、市販の梅酢で下漬けして、しばらくしてから、友人の自家製梅酢に漬けなおしている。

赤しそが出ると、少しでも塩もみにして出た汁を捨て、それをいただきものの梅酢に加えると、赤みが増す。

自分で梅漬けをしていた頃は、むかしながらの梅一升、塩一升などというように、かなりいいかげんで塩をたくさん使い、重石も重くして、梅酢もたくさん取り、しわだらけの梅干しを作っていた。

小学生の頃、お弁当に紅生姜が入っているとうれしかった。でも、あの頃のは食紅で赤く染めたものだった。友人のお連れあいは、今でもソース焼きそばには、縁日でたべたような、真っ赤な生姜が入っていないと寂しいのだそうだ。私も、あの紅生姜漬けがたべたい。

コンビニには刻んだ紅生姜の袋詰めがあったが、鮮やかな紅色のものだった。

新いもの季節のたのしみ方

新いもの季節。九州の新じゃがは早くから送ってもらってたべているが、北海道はこれからだ。里いももこれから、さつまいもも太めのものが出はじめた。

バター焼き

いま私は、ふかしたさつまいもを二センチほどの輪切りにし、フライパンでバター焼きにして朝食でたべている。ときには薄い斜め切りにしてチーズを挟んでみたり、いろいろなたべ方をたのしんでいる。

さつまいも入り牛乳がゆ

いきなり秋のような気候になったときは、そうそう、と思い出して牛乳がゆを作り、コロコロに切ったふかしいもをたのしみながら、このおかゆを教えていただいた、女子栄養大学の創立者・香川綾先生を思い出す。

きぬかつぎ

今しかたべられない小さな里いもは、きぬかつぎにしてたべる。皮をむかず、そのままむすか茹でるかして、端に包丁を入れ、つるりとむいた白い部分にゴマ塩をのせて食卓に出す。皮の部分を指先でおさえ、ちょっと力を入れると、するりとおいもが出てくるので、すとんと口に入れるのが面白い。家族がいた頃はよく作ったなと、思い出しながらたべている。幼い頃はおやつにもたべた。

そういえば、じゃがいも料理の家庭の味として今では肉じゃがが第一にあげられているが、戦前にはなかった料理だ。肉をあまりたべなかった日本人のお総菜ではなかったのだ。外国ぐらしの長かった姑《しゅうとめ》も、肉じゃがは新料理だといっていた。

お姑さんのじゃがいも料理

その姑の得意料理は、じゃがいものマッシュに、玉ねぎのみじん切りと牛ひき肉を炒め合わせ、しょうゆ、砂糖で味付けしたのをたっぷりのせたもの。男三人、女二人の子供を育てた人のモダンなお総菜だったのだ。私もそれを教えてもらった。今の私は、それをレタスで包んでたべている。

凍ったトマトはスープが一番

三日ほど仕事で留守にしたので、冷蔵庫の中はできるだけ整理しておいたつもりだったが、ミニトマトが凍っていたり、牛肉の切り落としを生姜炊きにしておいたのもカチカチだった。

全く空っぽにしていくわけにもいかなかった生野菜は、少し凍ったりしていたが無事だった。サラダにしようと思っていたミニトマトだけが、まるで冷凍食品みたいになっていた。

こうなったら、スープにでもしてみようかしらと、ヘタだけとって皮付きのまま水煮にしていると、薄皮がはがれてくる。菜箸でそれをとり除き、全部とれたところで顆粒《かりゅう》の鶏ガラスープを適当に加えてからゆっくりと、トマトを煮崩すようにとろ火で煮つづけた。

味見をしたら、びっくりするおいしさで、程よい酸味と甘みが、やっぱり生トマトのおいしさなのかと思わずニッコリ。凍っちゃったと捨てないでよかった。

急いで庭のバジルを数枚とってきて刻み、白いスープ皿に赤いスープを盛り、グリーンのバジルを香りに、白コショウを振り込んで、数日ぶりにわが家の朝食をたのしんだ。

庭にパセリもイタリアンパセリもあるが、バジルを選んだのはトマトとバジルのサラダがおいしいのをおぼえていたためだった。

それにしても、バターひとかけも使っていないのにこんなにあっさりしたおいしいスープができるのかと感心した。

その日、姪が来たのでその話をしたら、

「トマトは、凍ると味がよくなるって聞いたけど、そのせいかな」

といった。私は知らなかった。今までの私はトマトが凍ってしまうと、
トマトソースかジャムにしていたが、これからはスープだ。

愛想良しの小さなハム屋さん

駅のガード下商店街に、ハムやベーコンのおいしい店がある。パックされたものではなく、切り売りをしているので、いつもサンドイッチ用に少し厚めに切ったロースハム数枚を買うが、細切れができているとそれも買っておく。

ハムの細切れというのもおかしいが、いわゆる切り落としをさらに細かく切ってあるだけのもの。脂も入っているが、私はその脂を利用して軽くからいりし、チャーハンや焼きソバ用に小分けして冷凍しておく。いいハムの切り落としだから味がいいのだ。

店にはいつもおじさんが一人、愛想良しでなかなか面白い人だ。買いものをしながら、二言三言、おしゃべりもたのしい。いろいろな有名店の並んでいる中で、一番小さな店だ。間口は見たところ二メートル、奥行きは一・五メートルほどの店だ。そこで商売が成り立っているのか、あるいは宣伝のための店なのかと、私は勝手に想像していた。

いつだったか、姪が来たとき、先に電話で、

「いま阿佐ヶ谷駅にいるけど、買っていくものないかしら」

というので、ハムの店を教えて買いものを頼んだが、姪は「そんな店なかったよ」といった。やっぱり商売は成り立たなかったのかと、残念に思っていた。

数日して、外出の帰り、阿佐ケ谷駅で降りたので商店街で買いものをし

ようといってみたら、店は健在で、おじさんも元気、「コンチワ」と声をかけてくれた。あんまり小さな店なので姪はほかの有名店ばかり見ていたのだろう。

私はほっとした。好きな店が元気でうれしい。おじさんも好き。姪の話をしたら、

「いいスープがとれるから」

と、肉をとったあとのボーンを私の買いもの袋に一本入れてくれた。

百歳の離婚話の原因はたべものだった！

仕事で離島に住んでいる息子を訪ねて、二か月ほど滞在してきたという人から聞いた話である。

その島で、百歳のおじいさんの離婚騒動が話題になっていたとか。離婚の原因はたべもののことだという。

老夫婦はずっと静かなくらしをしてきたのだそうだ。が、島にコンビニができて、そこにハンバーガーだのハムやソーセージ、お弁当などなど、島にはなかったたべものが入ってきた。おじいさんは、すっかりそれにはまってしまい、小遣いは持っているので、コンビニ通いをたのしんでいた。はじめは、いっしょにたべていたおばあさんも、すぐに飽きてきて、いい加減にしなさいとおじいさんにいったら、

「おまえの料理よりうまいのだから、しょうがないだろう、先の見えているいのちだ。たべたいものくらいたべて何が悪い」

というような対立で、ついに離婚というところまでいったというのだ。長年連れ添ってきた夫婦が、本当に終りを目の前にして、そういうことになるのだろうか。

うわさ話として、面白おかしく伝わった話なのだろうと、私も思わず「たべものの恨みは、怖いのよねえ」などと笑ってしまったが、ふと考え込んでしまった。

売りものの味は、研究に研究を重ねて作り上げられた、最大公約数の味

といってもいいものだから、おじいさんにとっては、こんなうまいものがあったのかと喜んだのだろう。また、百歳という年齢を考えれば、我《が》を通そうとするのもわかる。でも、私はおばあさん側だ。

食品産業はこうしてどんどん大きくなってきたのだし、私たちはそのうけ入れ方を、賢く考えていかなければと思った。

五章

季節をゆっくり、たっぷり味わう

心なごむくらし方

年寄りたちも明るい日差しに誘われて

お隣さんの白梅が、ぽつりぽつりと咲き出したなと思っていたが、数日、外出がつづいて家のまわりを見ることも忘れていた。今日から当分は外出の予定もないので、ゆっくり起きて戸を開け、垣根越しに見えるお隣さんの梅を見た。

あっと声をあげてしまったのは、数日前にはまだ固いつぼみにまじって、ところどころに花が見えるという感じだったのに、白く変身して咲き揃っていたのだ。

東京でも三月末に雪が積もったこともあるし、気を許してはいけないが、確実に春はきているのだと気持が弾んだ。春になったら、放り出してある片づけものをしなければとか、いってみたいところもありで浮き浮きする。あたたかい日差しを見たら散歩したくなった。

朝食を済ませ、洗濯物を干してから、ちょっと歩いて来ようかと思い、銀行やお茶菓子の買いものもしてくる予定で家を出た。

駅前の銀行までは家の近くから乗れる百円バスで、とバスに乗った。ほんの十分ほどの行程だが、私はバスの窓から外を見るのがたのしみだ。歩きやタクシーでは見られないものが見える。目線の高さがちょうどいいのだ。

駅前はたくさんの人が出ていた。なんと私のような年寄りがいっぱいで、ゆったりと歩いていた。明るい日差しに誘われて出てきたお仲間だと、親近感がわいた。みんな、和やかな表情をしている。

ところが私は、まるで人々をかき分けるように、まっすぐ銀行にいき、近くのお菓子屋さんで明日のお客のためにとドラ焼きを買い、すぐまたバスに乗って家に帰って来てしまった。

ウインドーショッピングでもたのしめばいいのにと思いながら、その習慣がない自分が、いやに貧しく見えておかしくなった。

雨を待つ土の色

東京には、土をしっとりさせるほどの雨がしばらく降っていないので、むき出しになっている庭の土が、からからに乾いている。あいにく、この時期は強い風が吹く。立て付けが悪くなっているわが家の窓の内側に、土ぼこりが入ってくる。

手伝いにきてくれた姪が、

「あら、今きれいに拭いたばかりなのに」

と不思議そうに汚れを見ている。そういえば、今年の春はまだしっとりした黒土を見ていないと思った。

寒い間は霜柱が立つと、びっしりと生えて枯れたゼニゴケが浮き上がるので、この時とばかりゼニゴケ退治に熊手でかきとる。すると下から、真っ黒い土が現れる。野菜や草花を育ててくれる土の色だと、しゃがみ込んで土を見つめることもある。

その、むき出しになった黒い土が、今、乾いた色になって風に舞っているのだ。地震の後、庭の井戸水がほとんど使えなくなっているため、今の私の能力では、花を育てたり野菜作りをたのしむことも縮小しなければいけないかな、と思っている。

きれいな水道水を作るための工程を見学しているので、水道水を庭にまくことに、いささか抵抗感のある私は、そんなことも考えてしまう。

津波の水は恐ろしいが、井戸水が出なくなって、水の与えてくれる恩恵も思い知らされている。自然は生きているもののいのちをあたたかく育んでくれるが、かんたんに奪う冷酷さも持っていることを見せつけられると、生きものとしての自分のくらし方も、おのずとわかってきて、謙虚にならざるを得ない気持になる。

直接は被害を受けなかったとしても、めいめいの立場で、これからのくらし方を変えていかなければならないとみんなが思っているに違いない。

人肌のあたたかさ、日向《ひなた》水を利用して

日向水という言葉、もう御存じの方は少ないかもしれない。

暑い日のつづいた五月、鉢植えの花の水やり用にと、くみおきしたバケツの水が、午後三時ごろ、人肌くらいにあたたまっているのに気づいた。庭に西瓜の皮を埋めて、土に汚れた手を洗っておこうと、バケツに手を入れ、思わず、

「日向水ができてる」

と、ちょうど手伝いにきてくれた姪に大声で伝えたら、何？　という顔

をして私を眺めていた。妙にうれしそうな私の声だったそうだ。

子供の頃の夏、暑さも気にならない東京下町のいたずらっ子だった私は、男の子たちといっしょにドッジボールとか、勉強もしないで遊び回っていた。おなかがすいて家に帰っても、泥だらけですぐには家には入れてもらえなかった。

まず家の裏に回って、小さな庭に盥《たらい》を持ち出し、バケツに作ってある日向水を盥に満たした。そして、行水をしてから着替えて、やっとおやつがもらえるという順序があった。何しろ、外で遊ぶのが好きな子だった。

日向水は、私の幼い日の思い出の中に、いつも夏の行水と結び付くものだが、今の私は汗をかいたらすぐシャワーだ。子供たちも同じだろう。第一、洗濯機ができてから盥は姿を消し、日向水を作ろうにも場所がないマンション生活もあろう。

とはいえ、節電の夏といわれる今年、むかしを知っている人はそれを思い出してみると、懐かしみながら、電気を使わないくらし方が幾つか見つかるかもしれない。この文明の世の中で、便利さにどっぷりつかってくらしてきた私たちだが、くらしの見直しには、いい機会だと私は思っている。

ちょっとぜいたくな団扇《うちわ》をそばに

長いおつきあいの編集者の方と、ファクスで仕事上の打ち合わせをしていたとき、用件が終った後の数行に、

「今年は、ちょっとぜいたくな団扇を買うつもりです。毎年、夏になるとそう思うのですが、ほしいのはとても高価なので、ま、いいか、とやりすごしていましたが、今年こそ、いつも身近においてたのしんで使えるような、私にしてはとびきりのぜいたくな団扇を買いますよ」

とあった。

そうだ、私もそんなこととしてみたい、と思ったが、うちには友人からもらったすてきな団扇が六客分揃っている。ふだんに私が使ってはもったいないような品物だ。私用のは、姪の一人が若草色の小形のものを去年買ってくれた。それが使いよくて、ベッドのそばに置いている。これ以上はぜいたくすぎる。

今年はまた暑い夏だとの長期予報だが、去年は冷夏だといわれたのにあの猛暑だった。いずれにしても、夏は暑いのがあたりまえだと思ってくらしていけばいい。

幸いに私の住いは、緑に囲まれているので夜は少し風が通る工夫をしてあるだけでエアコンなしで眠っている。よほど暑い日には一時間だけタイマーをセットして扇風機をかける。去年からはお気に入りの団扇であおいでいるうちに眠ってしまう。

仕事上の来客が多いから、その部屋だけはエアコンの設備をしているが、あまり好きでないエアコンはそこ以外にない。わが家は台所が一番涼しいので仕事も台所ですることがあるし、居眠りをするのも台所。あとは扇風機だけ。

台所で昼寝をしてはならないというきまりがあるわけではないし、と思っている。

若い人も「彼テコ」で涼しく

この夏のテーマになっている、涼しくすごす工夫にステテコを家庭着にしようというアイデアがあるとか。何日か前の朝、食事の支度をしながらテレビをつけていたら、そんな話題がとり上げられていて、思わず一人で大笑いしてしまった。

私の知っているステテコは、夏の男ものの下着だ。白い木綿地の縮みでできたズボン下で、同じ布地の前開きシャツと揃いになっていた。テレビ画面には、鮮やかな色模様で染められたステテコが並べてつり下げられていた。

むかし、東京の下町では、シャツとステテコで町中を歩いているおじさんたちを見かけたが、わが家でも夫はステテコ姿で家の中を歩いていた。どう見ても下着姿だ。私はそれが嫌いでたびたびけんかをした。涼しいからこれがいいのだと夫が頑張っていた。まだエアコンのない時代だった。

そのステテコに、華やかな色彩が添えられ、今年のふだん着ファッションになっているとはおどろいた。その上、女性用もできているとのこと。若い人の感覚では男女共用でもおかしくないのだろうし、コンビニにいくくらいなら、その姿でいいのだろうなと思った。

テレビ画面では、マイクを持った人が、ステテコのデザインをしている女性に何かきいていたが、私は目玉焼き作りの方に気をとられてテレビを離れていた。

多分「彼のためにデザインしたら、何とネーミングしますか」というようなことをいっていたようだ。

「彼テコ」

と、はっきりした声が聞こえた。私はそこで思わず大声で笑ってしまったのだ。何と頭の回転が早いことかと感心。意外にこんな名がヒット商品を作るのかしらと思ったりした。

季節ごとの整理は自分なりのルールで

季節の変わるときは、身のまわりのものの取捨選択をするのによいときだと思う。捨てるものを選ぶのにも決断が必要で、私の年代の、とくに女性にはなかなかむずかしいことなのだ。たとえば衣類ひとつにも、あのとき、こんな気持で買ったのだから、やっぱりしまっておこう、捨てるのはいつでも捨てられる、などと自分にいい聞かせて荷物を増やしてしまう。ものの無い時代を経験している世代には共通した気持だと思う。

年を重ねて、体力がなくなってくると、自分でできることは限られてくるので、私なども、衣類や家具、カーテンその他の住関係の布類など、クリーニングに出さなければならない。そのため、私はクリーニング代を計算して、衣類は最小限にしている。このごろの悩みは、木綿の肌着など、なかなか丈夫で切れたりほつれたりしないため、もう少し、などとつい新しいものに手を出さない。

私は結婚式に招かれたとき、晴着はいつも同じなので、下着だけは新しい初めて使うものを身につけて、人にはわからない私だけのお祝いの気持にする。でも、年をとってそういう儀式にもあまり出ないので、新品の下着はあるけれど、なかなかおろす機会がない。

別にもの惜しみをしているわけではないのだが、どうしても、もののいのちを全うさせるまで使うという、むかし人間の気持が捨てきれないのでモタモタしている。

日々のくらしは、どんな人でも、きわめて保守的なものだ。毎月住む場所が変わったり、毎日食事をする場所が変わったり寝床が変わったりという生活では、精神の安定は得られない。家に帰れば自分の座る椅子や座ぶとんがあり、自分のお茶わんでごはんをたべる、お茶を飲む、そういうことが心を落ちつかせてくれるし、つかれをいやしてくれるものだと私は思っているので、くらしの保守性を必ずしも悪いとは思っていない。だが、だからこそ、自分なりのルールをきめて、要、不要を判断しないと、家の中は無限にものが増えてしまう。

四季のある日本の、季節の区切りのときは、何かと家の中も片づけものが多くなったりする。むかしの夏の終りといえば、すだれをしまい、障子《しょうじ》や襖《ふすま》を出して家の中のしつらえを変えたり、洗いざらしの色あせた浴衣《ゆかた》は、ほどいて雑巾《ぞうきん》にしたり、新しい季節を迎える家事がたくさんあった。

今年は、節電のために、むかしのように団扇を使ったり、すだれや窓の外に青いものを植えたりした方も多いかもしれない。そんなものを片づけるとき、いろいろな持ちものの整理を考えるのもいいのではないだろうか。

来年の夏にはもう使えないと思うものは、さっぱりと片づけておきたい。幼い子の衣類などは、来年はもう小さくなって着せられないから、きれいなものは友人とか身内のもの同士で使いまわしを考えるとか、バザーに出すとか、気持の通じ合う人と知恵を出し合って処分したい。

私のしたしい若い家族たちは、子供のふだん着は友だちから譲られるもので間に合うので、一番大きい子のために、ときどき新しいものを買い、とても助かっていると語っていた。グループでの使いまわしである。そんなことも考えたい。

びっくり！
屋根に台風の置きみやげ

　東京にも雨風とともに激しい台風がまともにきて、私の住いも屋根がめくれ上がるという、初めての怖い経験をした。形容し難い音で屋根がめくられるような気配に、じっと耐えているしかなかった。その数時間に、いろいろと思い出していた。

　プレハブ住宅のはしりを買った家であること。当時著名だった建築家にプレハブ住宅を買うといったら、台風が来たら飛んでしまうかもしれないといわれたこと。

屋根はアルミで張ってあると聞き、トタンより強いのかしらと思ったこと。その後、プレハブ会社が開発したスレートのような屋根材を上に張ると雨の音が気にならないといわれてそれを張ったこと。

すべて失敗したと思うことはないが、この家も古くなったから、こわれるかもしれないな、と思ったりしていた。

でも、のんきな私は、風が収まると、うちの屋根が飛んでよそのお宅の窓などをこわさなくて助かったと、暗い外に出てみる気にもなれず、つかれていたので眠ってしまった。

次の朝、門を開けていたらお向かいの奥さんが、

「お宅の屋根がめくれているのを御存じかしら。下からは見えないでしょうから、お知らせしておかなければと思って」

と知らせて下さった。早速いつも面倒をみてもらっている新潟出身の中

村工務店に電話をして、中村さんに応急の処置をしてもらうなどお世話になった。

これでとにかく、雨漏りはしないですむと安心し、そして、あらためて一人で生きているなどといい気になったら大間違いだぞと、自分を戒めた。

くらしにはさまざまな面があり、そのいろいろな面を支えてくれているたくさんの人たちへの感謝を深くした。

逆境にも負けない庭の植物たち

庭のみょうがが枯れてきたので、まわりの草そてつ（若葉を「こごみ」という）などといっしょに切ったら、ほととぎすがにわかに勢いよく頭をもたげ、花の色がさえてきた。やっぱり太陽に当ると勢いがよくなるのかと、植物の生活力を見せられた思いでいる。

もう終ったと思っていたみずひきも、いっぱいみょうがの下に隠れていて、思いがけなくその一隅が華やかになった。枯れたみょうがの葉ばかり見ていて、秋も終りだと勝手に思い込んでいて、ごめんなさいねと、ほとときすたちにお詫《わ》びした。

逆境の中でもたくましく生きていたほととぎすさんは、万年塀の下の小さな風通しから外に伸びて、道を通る人が、「あら、ほととぎすだわ」と声をあげていたことを思い出す。強いなあ、と思う。

そういえば、イタリアンパセリの強さにも今年は感動した。急ぎの仕事で一日中家を空けていたとき、翌朝、戸を開けたら鉢植えのイタリアンパセリが丸坊主になっていた。

かすかに葉の残っているところをよく見ると、まるまる太ったアオムシが二匹いるではないか。一瞬、私はあとずさりした。この種の虫に私は弱い。

古割り箸を庭仕事用に何組かとってあるので、それを使って茎にしがみつく虫を外し、草むらに移した。何とかチョウになってねと願いながら、私のイタリアンパセリも助けてほしいと願った。隣に置いてある普通のパセリは無事だった。

それから何日もたたないうちに、イタリアンパセリは青々とした葉をつけ、サラダに散らしたり、パスタに混ぜたりできるようになった。普通のパセリよりずっと強いように私には見える。植物のこの強さは動物よりすごい。

なじんだ食卓が塗りなおしで新品のよう

二十数年前に買った食卓が、あちこち傷がつき、とくに私が座る場所にしているところは塗りも剝《は》げて、なんだかみすぼらしく見えてきた。

でも、一人ぐらしになってからの私には程のいい大きさで、すっかりからだにもなじんでいるし、木のあたたかさが好きで、とくに立派な食卓ではなくても気に入って使ってきた。

玄関に人がみえたとき、すぐ出やすい場所に置いているが、このごろは一人の気楽さで仕事机も兼ねてしまっている。時には本や原稿用紙など片づけないまま、会席膳代わりのお盆に食事用のあれこれをのせて、「食卓はこのお盆の中」と自分に納得させてしまう手抜きもしている。

でも、あまり惨《みじ》めっぽいからと、新しい食卓を買いたいと思っても、ちょうどいいものが見つからなかった。

甥に頼んでインターネットで調べてもらったら、塗りなおしを引きうけるというところが見つかり、二週間で修理ができるという。修理中は別の食卓を貸してくれて、運送費も含めて四万円だとのこと。すぐ頼んでもらって、予定通りにでき上がってきた。

都内ではあるが、かなり遠いところなので、これで採算が合うのかしらと心配したが、夫婦だけでその仕事をしているのだそうだ。

買ったときは、たしか十一万円だったと記憶しているが、表面を削り、塗り直して、でき上がってきた食卓は新品のよう。気に入って買ったものだったので、なじんだ使い勝手がうれしい。

一枚板とか、木を選んだという上等なものではないけれど、木のあたたかみや、この食卓が知っている私のくらしは、新しいものには望めない共通の歴史がある。修理で生まれ変わる自然の木のよさだと思う。

心はずむカレンダー選び、実用本位の予定表

本屋さんをのぞくと、来年のカレンダーや手帳が山積みされている。時間持ちの私でも、来年の仕事やおたのしみ会の予定など、ぼつぼつ入ってくるので、来年のカレンダーや手帳など用意した。

私はここ何年か同じところで作られているものを使っている。仕事机の前の壁には、メディアファクトリー社製ターシャ・テューダーの庭の十二か月を写したカレンダー、客用の部屋にはボタニカルアート工房の、杉崎夫妻の植物画カレンダー。

庭仕事のターシャについてまわる愛犬たちや幼い家族の姿など、仕事の合間にふと見上げると心が和む。

植物画は一日に何度も見るのに、いつでも新鮮な感動をおぼえる。みずみずしい植物のいのちの営みが見えるように感じるのだ。毎日見るものだから、こういうところには気に入ったものがほしいと思っている。

日々の予定を書き込んでおくスケジュール表は、電話のそばに置いて、毎朝それに従って動いている。こちらは実用本位のものを使っている。いつもバッグに入れて持ち歩いている手帳も、毎年同じものを使う。使い慣れているし、住所録など、差し替えるだけで書き換える必要もないので使いやすい。

親類の若い子たちからは携帯ですべてが間に合うのに、時代遅れだとからかわれる。でも、その携帯を忘れて帰るのもいて、私は笑ってしまう。

今の私のくらしはこれで間に合って不自由はないのだから、必要になったら最新式を買うからね、といばっている。

そのくせ、クリむきが楽にできるという器具なんか、すぐ買ってしまう。おいしいものを作ることと、書くための能力は失わないように心がけている。今の私に一番大切だから。

六章

老年を共に安心して生きる

支え合い、知恵を出し合って

人間のからだの精密さに感動！

去年あたりから、会議や講演会で人の話を聞くとき、低い声で話す人の言葉がよく聞きとれないことを感じていた。問い返すこともできず要領を得ないまま帰ってくることが何度かあった。

しばらくは気にも止めずにいたが、テレビでも、口をしっかりあけてものをいわない人の言葉が聞きとれず、変だと思いはじめ、知りあいの専門の先生に伺ってみた。

初めての相談だった。先生は、

「この会話が不自由ないなら、まだ補聴器の必要はないでしょう」

といわれた。

それで何か月かがすぎた。その間に、私が気づいたのは、新聞にも雑誌にも、補聴器の広告が多いことだった。高齢社会だなと思った。それまで気づかなかったのは、私には関心のなかったせいかもしれない。

再度の私のお願いで、私の耳に合わせた補聴器を作っていただく方を紹介して下さった。

いろいろなテストの後、耳の型をとり、補聴器初体験ということになった。実生活の中で使ってみると、まず台所でびっくりした。

水道の蛇口をひねったときの滝のような水音。トイレの水洗の音、こんなにものすごい音だったのかと思った。

人間の耳とは何とよくできているのだろう。よく耳の聞こえた頃でも、水音がこんなに大きく聞こえたことはなかった。また、新聞を広げたり畳むときの音は補聴器を通すと、まさに騒音だ。それが適当に聞こえる人の耳はすごい。

まだ、いわば試運転中というところで、右の耳にはよく合うが左の耳には入りにくかったり、調整が必要だし、慣れるまでには時間がかかりそうだ。それにしても、人間のからだは何という精密さでできあがっているのだろうと、すっかり感動してしまった。

「お医者さん嫌い」でも生きていられることに感謝

夕食の支度にかかろうと、立ち上がったところへ友人からの電話で、

「これから眼科に行くつもり。出先から電話できいたら六時までに入ればいいそうなので、どうかしら。来られるようなら受付に頼んでおきましょうか」

とのこと。

同じ眼科で白内障の手術をしているので、友人もその眼科がいつも患者でいっぱいなのを知っている。さる大学病院の眼科にいた先生が、ご自分

の名の眼科医院を開業されたのだが、先生について大学病院の患者さんも集まってしまったようだ。とにかく、眼科にいくのは一日仕事になってしまう。友人は、出先から込み方も確かめて電話をくれたという。

私は着替えもせず家を出た。車で三十分見ておけば間に合うと思ったが、夕方の混雑を思うと地下鉄にしようと思った。ゆっくりしか歩けない私でも、駅まで十分はかからない。

いつも、「眼科にもいかなければならないのだけれど」といっている私を思い出してくれたのだから、チャンスを逃してはならないと思った。地下鉄の駅に直結したビルのメディカルモールまでは十五分、楽に間に合った。

少し不都合なところがあるので、「ときどきは様子を見せに来てくださいね」といわれている先生に、ご無沙汰のお詫びをいったら、都合のよいときに二日間つづけて来られる日を作るように、といわれた。

からだの方は月に一度往診で健康チェックをしていただいているが、眼科と歯科は往診というわけにもいかないし、待合室にいる時間がたまらない。歯科は予約だが、どちらにしても、お医者さんにいくのが嫌いなのだ。

それで生きていられることに感謝するばかりだ。

足元注意！ 無理や過信は禁物

身近な人が、つづけて三人骨折で入院した。それも七十代ばかり。その
うちの一人は、私の妹を最後まで世話をしてくれたKさん。妹の子供たち
は幼いときからKさんに育てられたようなものだった。
まだ子供が小さかった頃、離婚した妹は音楽教師として働き、家で教え
るほかに出稽古《げいこ》や、ときには演奏旅行にいったりと、家のことをかまって
もいられず、留守の家と二人の子供をKさんに頼んで世話をしてもらった。
その後、Kさんはお店を持って一人で切り回していたが、お母さんの世

話もして、明るく生きてきて、今は一人ぐらし。妹の子供たちもめいめい結婚し、孫のいる年になっている。私も一人ぐらしだからと、ときどき妹の娘と三人でおいしいものをたべにいったり、私の家でいっしょに食事をしたりしている。

そのKさんが、道で転んで病院に運ばれ、妹の娘の家に連絡があったという。とりあえず駆けつけたら手術が必要ということで、手続きのことなど、妹の子供二人が家族ぐるみで入院先に通っている。Kさんは、

「何でもないところで、どうして転んだのか自分でもわからない」

といっているそうで、本当に、生きている限り、いつ、何が起こるかわからないものだ。

ほかの二人にきくと、転んだ理由を、「電車のドアが閉まりそうになったので、駆け出そうとしてつまずいた」「背筋をシャンと伸ばして歩こう

としたら、足元を見逃していて」などと、元気なための自信過剰を認めていた。私にもまだその危険がある、と反省した。

七十代はまだ自分はしっかりしていると思い込みやすい。とにかく気をつけなければ。

老人にはありがたい携帯熱中症計

私の住む地区を担当しているという民生委員さんの訪問を受けた。区役所から前もって通知を受けていたので部屋に入っていただいた。介護保険を一度も使っていないので、様子を見にきてくれたのだそうだ。

まずきかれたのは、一人ぐらしということになっているが、表札が二つ出ているけれど、と理由をきかれ、

「古谷は本名で、吉沢は旧姓のまま仕事をしているので、郵便物などのため両方の名前を出しています」

と答えた。

そんなことから、夫の職業などの話になり、その民生委員さんはむかし夫の本を読んで下さっていたとか。そして、

「いろいろな方をおたずねして、やっぱりお年に関係なく、何かしている方はお元気ですね。みなさん生き生きしていらっしゃいますよ」

といって、マスクや携帯型熱中症計というのを置いていってくれた。

首から下げておくと、「ほぼ安全、注意、警戒、厳重警戒、危険」という段階で表示され、注意を促すようになっている小さな器械だった。体温に反応して表示されるものであるようだ。

ブザーが鳴れば危険状態だとわかるので、感覚がにぶってきた老人にはありがたいものだ。日本気象協会の監修と書いてある。こういうものは、被災地や仮設住宅での一人ぐらしの老人にぜひ配布してほしいと思った。

ただ、ブザーが危険を知らせても、本人が意識を失ったりしていて、誰かが気づいて適切な処置をしてくれなければ、どうにもならないときもあろう。

私も自分のこととして考えた。しかし、一人でくらしている以上、何が起こってもおかしくはないのだから、それはしかたないと、覚悟をしておくべきだと思った。

誰にでも起こりうる病気だから

勉強会のお仲間が、二人同じ病気になり、びっくりすると同時に、誰にでも起こりうることだと思い、書いておきたくなった。

硬膜下血腫《こうまくかけっしゅ》とかいう、かなり怖い病気のようだ。早く気がついて処置すれば、小さな手術でよくなるが、放っておくといのちにかかわる病気のようだ。

頭を強くぶつけたとか、打たれたということもないのに、自分でも気づかないうちに脳内の出血があり、それが自然に吸収される場合もあるが、どこかにたまって神経を圧迫したり、別の影響を及ぼして、口がよくきけなくなるとか、手が動かなくなったり、からだが曲がってきたりで、やっと本人にもわかってくるのだという。

知識のない私には、これ以上のことはわからないが、二人とも手術の結果普通に戻ったとのことでほっとしている。

身近にそういう例を見たり聞いたりして、私は、初めて知った病気に関心を持ち、そういえばあの人も、と思ってあらためて聞いてみると、

「そう、うちの母もなんだかわからないで大学病院にいったら、いろいろ病状をきかれて、すぐＭＲＩをとって手術ということになったけれど、同じ病気だわ。どうしてそんなことになるのかしらね」

といっていた。

家族とくらしていれば異状に気づいて処置してくれるだろうが、私のよ

うな一人ぐらしは、どうしたらいいかを考えた。そういうときこそ救急車をよべばいいと思った。

私自身は幸いにも一度もお世話になったことはないが、意識さえあれば車内で病状をきき、適切な処置のできる配慮もしてくれると聞いている。しかし、万一のことも覚悟しての一人ぐらしでもある。そんなことを考えた。

病後のいっときを安らかにすごせる場所を

病気よりも辛い病後のために

一人ぐらしをしている友人がめっきり増えてきた。女性の方が長寿だというだけではなく、今の老いた女性たちが結婚した頃は、男性の方が年上という例が多かったから、どうしても先に夫を見送ることになり、その後はたいてい長男夫婦と同居して、孫の面倒など見ながら余生をすごすというのが一般的であった。

今は子供夫婦とは別居の例が多いから、老夫婦でおだやかにくらしていた女性たちは、連れあいを見送ってもそのまま一人でくらすという例が多い。若夫婦のくらしを近くで見ていると、つい口出しをしたくなることもあるし、

「一人が気楽で一番いい」

という中高年女性は私の身のまわりにも増えているのだ。

もちろん、その他もろもろの個人の意志での一人ぐらしも多い。むかしのように、女性の一人ぐらしを、いぶかしく見る世間でなくなったことが一番大きな理由だが、とにかく、健康でくらしているときは何の問題もない。

ただ、大きな問題のひとつは、病気をしたときのことだ。入院とか手術ということになると、「親族」が出てこないと困ることがあるのだ。親族のハンコがないと、手術さえも拒まれることがあるそうだ。したしい友人

同士で、そういうときのために、お互いが責任を持って助け合うことを約束していても、社会には認められないことが多く、本人の意志に反した扱いを受けることも多いと聞いている。

「聞いている」というのは、幸いに私は健康に恵まれて九十三歳の今日まで病気らしい病気をしたことがない。入院や手術という経験とも無縁の人生だったので知らなかったのだ。

ところが最近、「病気をしたのも辛かったけれど、そのおまけに、もっと辛い経験をした」との話を何度か聞いた。

「入院して手術をしたところまでは順調だったけれど、まだふらふらしているのに退院だといわれて困ったわ」

というのだった。留守にすると思ったので冷蔵庫の中も整理してきたので牛乳もないし卵もない。買いものをするにはまだふらついて自信がない。

あと二日たてば遠くに住む娘がきてくれるので、それまで入院させてほしいと頼んだが、「ベッドを空けないと次の患者さんが待っているから」と断られたという。

長期入院を必要とする患者も、三か月を限度に退院をせまられるという話はよく聞いていたが、二日や三日のことでも、ゆうずうがきかないものなのだろうか。病後のおだやかな時間こそが回復を早めるために必要ではないのかしらと私は思うけれど、今はそんなゆとりはないというのだろうか。

元気をとり戻すまでの場所を作りたい

友人の一人は、昨年インフルエンザで高熱に倒れてしまい、病院にかつぎ込まれたという。熱が下がって一度落ちついたら、すぐ退院といわれた

そうで、

「明日なら手伝いの人もきてくれるし、もう一日入院させておいてと頼んだが、きいてもらえなかった」

といっていた。

そんな経験から彼女は、ひとつの仕事を思い立った。

自分のように、一人ぐらしでいるものが病気をしたとき、まだすぐには仕事に戻るのが無理なとき、一週間か十日でも、食事の心配もしないで、心身を休めて元気をとり戻すまで身を置く場所を作りたいと、本気で考えている。自分の体験からの切実な思いなのだ。

医療行為はなしで、自分の家に帰るまでの、ひとときの安らぎの場がほしいという思いなのだ。

ホテルだってあるじゃないかという人もいるが、彼女にいわせれば、ホテルはビジネスの世界で、からだを休めるというところではないというのだ。それは私にもよくわかる気がする。

私の身内のものが住んでいるマンションは東京の文京区にあるが、住人の中には、病院通いのために、そこの一室を借りている人もいるという。部屋の持主は戸建ての家に移り住んでいるので、長い病院通いの人のために貸しているようだという。そういう人のための仮住いを世話する業者もいるようだとか。

文京区は大学病院や有名専門病院も多い土地柄だけに、交通の便もよく、世話をする人と二人ぐらしくらいの場所としてちょうどいいマンションは、借り手もあまたのようだ。病院通いのためにはたいへんな労力と時間とお金がかかる。

医療の技術も機器や薬もどんどん進歩しているようだが、そして人はますます長生きをするようになったものの、心も含めた人の病をいやす医療ということからは、ずっと遠くなってしまったようなことを感じる。

そんなことを考えていたとき、私は、人生はじめての体験をした。前述のように、地区の民生委員さんの訪問を受けたのだ。

私は御近所にも恵まれていて、みなさんがさりげなく気をつけてくれていることを感謝している。ベタベタしたおつきあいではないが、だまって家のまわりを掃除してくれたり、ゴミ出しの場所の清掃当番を抜かしてくれたり、何か困った折には声をかけるようにといってくれたりして、ありがたいと思っている。

だからこそ、甘えてはいけないのだと自戒している。

自分の体験から、病後のいっときを安らかにすごす場所づくりにいっしょうけんめいな友人のことと、介護保険を使っていないことを不思議に思われた自分のことを考え合わせ、健康でいられる自分のしあわせを思った。そして、友人の手伝いを私もしなければと考えている。

高齢社会の問題点にわが身を重ねて

「高齢社会をよくする女性の会」も、三十年という節目を迎えた今年（二〇一二年）だが、毎年の大会が今回は山口県の周南市で開かれた。いつもこの大会は、地元の会員の方々の努力で、女性の会として各地で大きなイベントになっている。

この大会に出ていつも思うのは、日本各地から集まった人たちが、あらためて高齢社会の問題点について共に考える意味である。自分の生活に直接ひびく老いの問題、または福祉の仕事を持つ人からの問題提起など、さまざまな立場から多面的に考えるきっかけになるであろう。

今年のテーマは、「生涯元気は食、住、医の充実から」であった。樋口恵子代表の、東日本大震災を踏まえて、結束して生き抜いていこうという基調講演からはじまった。公開討論では、被害を受けた地域からの会員の方々の話を聞き、私たちも、いつ自分の身に降りかかるかもしれない災害への心構えについて考えた。

東京に住んでいる私は、外出するとき、いつも「帰って来て家がなかったら」と考える。東京も直下型地震がいつ起きても「想定外」ではないそうだから、ボコボコに地下が掘られている東京のどこかに、埋もれてしまうかもしれないと覚悟はしている。

私は「一人ひとりの食を考える」のテーマにパネリストとして参加したが、自分の食事のとり方について話しただけだった。

この大会の実行委員長を引き受けて下さったのは女性で、たいへんな仕事であっただろう。が、盛会だった今年の大会で、表に立たず細かい気遣いをしている男性の姿を私は見ていた。

会の最後に委員長がお連れあいだと紹介した。こういう男性の協力が、私にはまた心に残ったことだった。

夫たちも無理なく巻き込んだ活動

友人が立ち上げた老人給食のボランティア団体に、私も少しばかりのかかわりをもっている。今は各地にこういう食事サービスのボランティアグループができているが、一人ぐらしの老人や、老夫婦だけの世帯に、食事のかたよりを予防する役割を果していて、行政の目や手のとどかないところに、ささやかながら力を貸している仕事だと思っている。

そんなグループのひとつが、創立十年の記念事業に講演会を、ということでお招きを受けたことがある。当日、駅まで迎えにきてくれた会員の方

に、お連れあいを紹介され、

「主人もやがて定年になりますので、今から地域の方々とのおつきあいをしておいてもらいたいと思い、こんな日には、車の運転など手伝ってもらって、この新しく開発された土地に終《つい》の棲《す》み家《か》を持った者同士、したしいおつきあいをと考えているんです」

というのを聞いた。

古くからその土地に住んでいる人たちは高齢家族が多く、若い人は大都市の学校にいくと帰ってこない例が多いため、自分たちの明日の姿が見えてきたという。

これからの長い歳月を、どう支え合ってこの地域で生きていくかを真剣に考えると、古くから住む人たちとの協力もなければと、まず配食や会食のサービスをすることを考えたという。その中に夫たちをも無理なく巻き込んでいこうとする女性たちの、しなやかでたしかな生活力を見た思いがした。

東日本大震災のときも、仙台の被災地で以前から配食サービスをしていたグループは、電気もガスも使えない中で、自宅から炭やお米を持ち寄り、ごはんを炊き、おにぎりを作って配達しながら安否確認をしたと聞く。その早い実行力を行政に見習ってほしいと思った。

祖父母の愛が
孫の生きる力になるように

定まらないお天気の中、あいにく外出しなければならないことがつづいた。タクシーに乗ったら、運転士さんが話しかけてきた。

「明日も雨ですかねぇ、晴れてくれないと困るんだけど」

といった。「なぜ?」ときくと、誰かに話したくてしかたないような調子で、

「明日は孫の運動会なんですよ。おじいちゃんとおばあちゃんも見に来てくれって電話がきたもので、弁当を作って持っていってやる約束をしたん

ですよ。

明日が雨だと日曜にずれ込むので、二度弁当を作らなければいけませんからね。前の日に作った弁当じゃ、かわいそうでしょう。何とか天気になりますようにと、お天道さまに頼んでいるんですが」

そんなことをいった。

「かわいいお孫さんのためですもの、おじいちゃん、おばあちゃんで、お弁当作りをたのしんで下さいよ。二度になっても、二度たのしんだと思えばいいじゃない」

という私に、

「そうだね、運動会に来てくれなんていうのも今年が最後かもしれない。来年はもう中学だから、およびがなくなるだろうな」

ちょっと寂しげないい方だった。私も何と答えればいいかわからなくな

り、

「お孫さんて、本当にかわいいんでしょうね。私は子供を持たなかったので」

とだけいった。そして考えた。そのお孫さんも、これから生意気盛りのときはそういう祖父母の思いをどれだけ深く受け止めるかわからないが、長い人生のうち、この祖父母から無償の愛をもらった記憶は、辛いことに出合ったときの生きる力になるに違いないと。

いい運転士さんの車に乗って幸いだった。

雪が思い出させた
お別れの日

カラカラに乾いた東京で、火事の心配をしながらテレビを見ると、日本海側の豪雪を伝えている。うまくいかないものだと思ったとき、私はなぜか二十七年前の二月十二日を思い出した。夫が亡くなった日のことであった。

冷たくなった夫を家に連れて帰る車の窓から、外が一面真っ白になって、その上にまたどんどん積もっていく雪に気がついた。東京には珍しく大雪になりそうな降り方だった。病院の窓から外を見ていたのに、気がつかなかったのかと思ったことをおぼえている。

後に残ったものとして、しなければならないことをあれこれ考えているうちに、人は生まれることはかんたんだが、一生を終ったときは、いろいろたいへんなものだと考えていたこともよくおぼえている。

夫より三年先に亡くなった姑を見送るとき、九十六歳になっていた姑には、友人もいなくなっていた。葬式をしても、来て下さる方は、子供たちの友人知人で、姑とは会ったこともない方が、時間を作って来て下さるかもしれない。

それより、子供や孫たちだけで見送ろうと夫のきょうだいたちは相談し、お通夜は、姑のひつぎの前で思い出話などをしながらすごし、翌日の見送りも家族だけでセレモニーなしで、静かなお別れをした。

夫はかねて、自分のときも母親と同じ見送り方にするようにといっていた。親類もみな了解してくれたので問題は何もなかったが、もしも夫の身内から、それでは常識に外れているというような意見が出たら、夫の思い通りにはできなかったかもしれない。

今は家族だけで見送る形も珍しくはなくなったし、セレモニーもさまざまだが、二十七年前は一握りの勇気が必要だったと感慨を深くした。

おわりに

昨年、九十三歳の本の「あとがき」を書きながら、ここまで生きてきた自分を、よく無事にすごしてきたものだと思いましたが、さらに今また一年を、病気もしないで生きてこられたことに感謝しました。

その一年間に書きためたものを、あれこれと編集、一冊にまとめることができました。

ふり返れば、昨年はとくに大変なことの多い一年でした。東日本の大震災のため、たくさんの方が亡くなったり、家や仕事を、そして家族までを、いっぺんに失ったりと、国難ともいうべき不幸なことがありました。そのあと始末は、いまだに、きちんとできていません。

地震や津波だけだったら、あと始末はもっと早くできたでしょうが、原発の問題は次々に起こっています。最高の人智を集めての文明の利器にも、なお人間の力の及ばないものを見せられた思いで、これからの生活をどうしていくかを考えさせられた年でした。

老いても、たとえ「これから」の日々が短かろうと、こういう問題をしっかり自分の生活の中で考えなければという思いを深くしました。

台風による大水害もありました。天災の多い国に住む私たちは、いつもそういうことを考えていかなければと思います。

そんな世相の中ですごしたこの一年の私のくらしの周辺を書いたのがこの一冊の大部分です。四十年以上、今も毎週つづけさせてもらっている「新潟日報」生活面のコラムや、クインテッセンス出版発行の月刊『n・ico』の連載、全国信用金庫協会発行の『楽しいわが家』、「東海志にせの会」発行の月刊『あじくりげ』などに掲載されたものを、海竜社の平山光子さんが編集して下さいました。

いつも、みなさまのお力で一冊にまとめていただくことができて、深い感謝の気持とお礼を申し上げます。

お読み下さった方々にも、ありがとうございます、と申し添えます。

二〇一二年一月二十一日　私の誕生日に

吉沢久子

装幀……………川上成夫
写真撮影……古島万理子

［著者紹介］ 吉沢久子（よしざわ ひさこ）
1918年、東京生まれ。文化学院文科卒。家庭生活の中からの見聞や、折々の暮らしの問題点、食文化などについて、執筆や講演活動、ラジオ出演などを通して提案。現在はとくに、老年世代の生き方に関して生活者の目線で発言し続けており、多くの共感と信頼が寄せられている。
著書に『前向き。93歳、現役。明晰に暮らす吉沢久子の生活術』（マガジンハウス）、『私の快適、気ままな老いじたく――ここからまた、元気で楽しい人生が始まる！』（三笠書房）、『幸せになる長寿ごはん』（朝日新聞出版）、『93歳。ひとりごとでも声に出して』『92歳。小さなしあわせを集めて生きる』『91歳。今日を悔いなく幸せに』『90歳。一人暮らしをたのしんで生きる』『老い方上手の楽しい台所』（以上、海竜社）ほか多数がある。

94歳。寄りかからず。
前向きに おおらかに

二〇一二年二月 十四 日 第一刷発行
二〇一二年四月二十三日 第六刷発行

著　者＝吉沢《よしざわ》久子《ひさこ》
発行者＝下村のぶ子
発行所＝株式会社 海竜社
東京都中央区明石町十一—十五 〒一〇四—〇〇四四
電　話 東京（〇三）三五四二—九六七一（代表）
FAX （〇三）三五四一—五四八四
郵便振替口座＝〇〇一一〇—九—四四八八六
出版案内 http://www.kairyusha.co.jp
本文組版＝株式会社盈進社
印刷所＝半七写真印刷工業株式会社
製本所＝大口製本印刷株式会社

ISBN978-4-7593-1231-7 C0095